UM DOS NOMES INVENTADOS PARA O AMOR

NOVELA

MARCO SEVERO

Um dos nomes inventados para o amor

NOVELA

© Moinhos, 2020.
© Marco Severo, 2020.

Edição:
Nathan Matos

Assistente Editorial:
Sérgio Ricardo

Revisão:
Ana Kércia Falconeri

Diagramação e Projeto Gráfico:
LiteraturaBr Editorial

Capa:
Sérgio Ricardo

Nesta edição, respeitou-se o
Novo Acordo Ortográfico da Língua Portuguesa.

Dados Internacionais de Catalogação na Publicação (CIP) de acordo com ISBD
Elaborado por Vagner Rodolfo da Silva CRB-8/9410
S498d
Severo, Marco
Um dos nomes inventados para o amor / Marco Severo.
Belo Horizonte, MG : Moinhos, 2020.
84 p. ; 14cm x 21cm.
ISBN: 978-65-5681-011-9
1. Literatura brasileira. 2. Novela literária. I. Título.
2020-1128
CDD 869.89923
CDU 821.134.3(81)-31

Índice para catálogo sistemático:
1. Literatura brasileira : Novela 869.89923
2. Literatura brasileira : Novela 821.134.3(81)-31

Todos os direitos desta edição reservados à Editora Moinhos
www.editoramoinhos.com.br
contato@editoramoinhos.com.br
Facebook.com/EditoraMoinhos
Twitter.com/EditoraMoinhos
Instagram.com/EditoraMoinhos

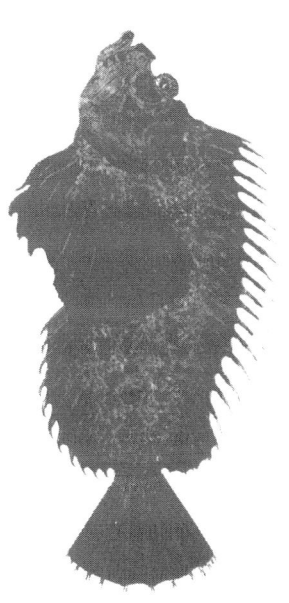

*Para o meu editor, Nathan Matos Magalhães.
Não satisfeito em ser um grande amigo,
é também uma das melhores pessoas dos livros
e um ser humano imenso.*

*Não faça concessões a si mesmo.
Você é a única coisa que você tem.*

Janis Joplin

Resolvi comprar as primeiras piranhas quando soube que meu marido havia decidido que iríamos nos mudar para um sítio no interior que eu nem sabia que ele tinha. Comprei num leilão da Polícia Federal e decidi lhe fazer uma surpresa, ele disse pra mim durante o jantar, na sala de casa. Eu limpei a boca com o guardanapo de pano e me levantei da mesa sem dizer uma só palavra. Que é que houve, Cacilda, não gostou da surpresa?, foi a reação dele, afastando a cadeira da mesa num impulso com os pés. Aquela pergunta me pareceu uma provocação. Parece que o tal do sítio pertencera a um dono de empresas de ônibus do Rio de Janeiro. Depois que o cara foi preso, tudo que ele havia adquirido com dinheiro de esquema fora a leilão e Josualdo comprara a propriedade às escondidas, "por um precinho ótimo", fizera questão de acrescentar, como se tivesse comprado a realização de um sonho numa liquidação. Olhei para ele com o mesmo semblante de interesse de uma criança de seis anos levada para comemorar seu aniversário em um jantar de negócios. Então, explodi: Como assim, Josualdo, como assim você solta uma pergunta dessas?! Logo eu, que fui batizada em homenagem a uma grande atriz brasileira, que nasci para o palco, para os holofotes, para a visibilidade, e você quer me levar pra morar dentro dos matos? Só você sendo muito louco pra achar que eu vou me enfiar no meio do nada, Josualdo. Perdeu a noção de tudo, só pode! Quer me fazer surpresa? Compre um apartamento em Paris, em Nova York, até na Toscana serve. Mas nos confins do interior de São Paulo é demais! Ele já estava acostumado aos meus espetáculos. Nem piscou enquanto eu praticamente cuspia fúria na cara dele, o filhodaputa. Esperou alguns segundos para ver se eu não ia dizer mais nada. Então, ele disse apenas, Continuaremos a vir para a cidade, meu amor. Só não moraremos mais aqui. Estamos ambos ficando velhos, os negócios estão indo bem, já chegamos àquele momento em que seria interessante termos o nosso cantinho afastado do barulho, da poluição, cultivar nossa pequena horta, plantar tomate-cereja, coentro, capim-limão, tudo sem esses agrotóxicos que vão acabar nos dando um câncer de presente antes dos sessenta anos...

Eu juro que não entendia aquele discurso do Josualdo. Velhos? Era assim que ele queria que eu me sentisse aos quarenta e seis anos? Eu não me sentia velha em absolutamente nada. A vitalidade percorria meu corpo de cima a baixo. Ele vá lá, eu entendia. Que dizer de um homem que iria se chamar José Romualdo, que por si só já é bastante antipático, mas a mãe achou o nome muito longo e resolveram emendar os dois em um só? Nome de gente que já nasce velha, havia me dito a numeróloga, e ela estava certa. Além disso um nome cafona, nome de pedreiro. Ele que fosse viver naquele sítio. Eu não ia de jeito nenhum ficar longe da minha academia, da minha nutricionista nem das lojas de suplemento. Do cirurgião plástico tudo bem, porque o meu nem morava mesmo no Brasil. Peguei o último mote dele e disse, Mas, meu amor, pense um pouco: e se você se sentir mal durante a noite? Se precisar de socorro? Como será, morando tão longe de tudo? Ele apenas olhou pra mim e, agarrando a minha mão, disse com um olhar de aceitação, Se isso acontecer e eu morrer, é porque chegou mesmo a hora. Você sabe que eu acredito nisso, meu bem. Ninguém morre antes da hora.

Vamos ver, eu pensei.

Aproveitei uma das viagens mensais do Josualdo para visitar o sítio. Dirigi sozinha até lá. A viagem era pra durar pouco mais de duas horas, mas levei quase quatro, porque tive de parar algumas vezes pra perguntar o caminho; GPS não funcionava naquela maldita região. Retirei a chave do porta-luvas e assim que me dirigi para abrir o portão vi o caseiro, um senhor de pouco mais de cinquenta anos mas com uma aparência tão calejada que dificilmente passaria por menos de setenta, se arrastando para ser mais rápido do que eu e abrir o portão para mim. Não fiz objeção e estacionei no terreno gramado assim que passei dele. Eu me apresentei após sair do carro e ele só fez dizer um Seja bem-vinda tão artificial que parecia nem saber o significado daquelas palavras. Na verdade, parecia ter sido treinado para dizê-las. Já tomou café da manhã, seu Geraldo? Perguntei só pra ver a reação dele, eu sabia que não. Ele baixou a cabeça e fitou o chão de terra batida, encabulado. Todas as semanas Josualdo mandava um motoqueiro entregar no sítio uma cesta básica e algum dinheiro. Era com essa ajuda que ele passava a semana. Eu havia dispensado o funcionário àquele dia justamente porque queria que fosse eu a levar. Seu Geraldo era viúvo e o único filho que teve havia morrido de alguma doença ocasionada por vermes, mas ele não parecia lamentar muito. Ou porque já fazia muito tempo ou porque essa gente é bruta mesmo. Voltei ao carro e apertei um botão. A tampa do bagageiro subiu e eu disse a ele, fazendo um gesto com o dedo, Vá ali atrás pegar, seu Geraldo. Antes de seguir caminhando para dentro da casa, deu tempo de ver seus olhos se arregalando com a surpresa, num incontido gesto de felicidade. Coitado, ficar alegre com uma cesta de alimentos e alguns míseros reais. Quem se contenta com tão pouco nunca sai do lugar, é no que eu sempre acreditei. A prova disso estava ali indo buscar, cheio de temor – talvez por receio de que depois eu fosse dar por falta de algo no carro e acusá-lo –, as coisas no bagageiro do meu carro.

Ainda era cedo, e era importante que fosse, porque eu queria conhecer melhor o lugar com a claridade do dia.

O terreno era muito maior do que eu imaginava. A casa tinha cinco quartos, uma cozinha enorme, sala de música, sala de jantar, um salão com mesa de sinuca e ping-pong e outra infinidade de coisas que eu não cheguei a ver porque não me interessavam diretamente. Quando comecei a explorar o resto do terreno percebi que havia, mais ao fundo, um poço redondo, de aparência muito antiga e cheio de água, quase escondido no meio de uma vegetação que eu não sabia se era apenas mato ou uma plantação de alguma coisa. A ideia que eu havia tido durante aquele jantar e que eu tinha rechaçado como tresloucada subitamente parecia fazer todo o sentido do mundo. Era quase como se eu tivesse tido uma premonição.

Voltei para casa e fui pesquisar na internet tudo o que eu precisava saber: "As piranhas são membros da família Characidae, uma grande família de mais de 1200 espécies. Pertencem a uma subfamília chamada Serrasalmidae, um nome baseado no fato de que todos os membros têm uma quilha afiada que torna o nado mais rápido. Apresentam dentes afiados e triangulares projetados para perfuração através de um efeito de esfaquear e depois rasgar a carne com apenas um movimento. Seus dentes não foram feitos para mastigar a carne, e sim para rasgá-la e engoli-la. Caso aconteça a perda de um dente outro logo nascerá em seu lugar". Eu estava diante da descrição de um animal que era uma verdadeira máquina para matar. Agora, era preciso colocar o plano em ação de forma muito paciente, algo que eu nunca fui.

    Josualdo estava quase de volta, e sua próxima viagem estava prevista para dali a mais de um mês. Tínhamos uma fábrica de roupas populares para homens e mulheres. Fazíamos um produto que convencionou-se chamar de fast-fashion; essas peças de roupas baratinhas e que não duram muito, mas que quando o pobre coloca sobre o corpo fica até parecendo gente e dá pra entrar em outras lojas sem ser perseguido pelos seguranças. Eu costumava dizer que não fazíamos apenas roupa para esse público de cozinheiras, faxineiras, entregadores, repositores de produtos em prateleiras de supermercado, fazíamos disfarces. A fábrica ficava no Nordeste, onde as cidades do interior, quase sempre sedentas de tudo, se mostravam ávidas em dar benefícios a quem quer que aparecesse querendo empregar seus moradores. Nossa fábrica tinha mais de quatro mil costureiras. Às vezes mais, às vezes menos, a depender da época do ano. De lá, escoávamos a produção para várias lojas do país que vendiam nossa marca. Evidentemente que eu sabia dessas coisas pelo Josualdo. Nunca fui nem irei ao Nordeste – nem de praia eu gosto, odeio calor – e, claro, jamais pisarei num chão de fábrica desses, porque eu só ando onde me sinto bem. Josualdo gostava de fazer, ele mesmo, as viagens para negociar com vendedores e fornecedores. Não precisava fazer, poderia mandar outros diretores ou gerentes, mas quando a empresa começou, ainda com o pai dele, que morreu num acidente de carro dentro da cidade, bestamente, as coisas funcionavam assim e haviam prosperado assim, por isso era dessa forma que ele queria mantê-las.

Quando ele voltou eu estava novamente apaixonada. Meu problema maior sempre foi o amor, porque o que eu conseguia vindo do gesto amoroso nunca me bastava, então eu precisava buscar outras formas de excitação. Como eu estava eufórica por conta das minhas descobertas, recebi Josualdo como se estivesse nos primeiros meses depois que o conheci. Parece que tem uma pessoa superempolgada com a ideia de ir para a nova casa, é isso mesmo?, perguntou ele assim que colocou a mala num canto do quarto e enquanto tirava a roupa com que havia chegado. Não é para tanto, eu disse, sorrindo. Mas estou disposta a conhecer melhor o lugar. Era mentira, claro, mas eu precisava fazê-lo acreditar naquilo. Vivemos dias de grande excitação. Como não tínhamos filhos – a primeira mulher dele, que foi trocada por mim, e a filha, não faziam questão de ter notícias dele –, nem animais de estimação perambulando pela casa – detesto bicho ocupando lugar onde passa gente –, a casa era toda nossa para fazermos o que quiséssemos. Nem nas pornochanchadas brasileiras se trepava tanto. Fosse no sofá, na cama, na cozinha, eu agarrava a mandíbula dele enquanto ele estava por cima e dizia, sem deixá-lo sair de dentro de mim, Quem é que gosta de ficar se dizendo velho, quem é? Certamente não esse safadinho aqui, e, invertendo as posições, cavalgava ouvindo-o gemer, pra ele saber exatamente do que eu estava falando.

Mas era preciso ser prática, e eu tinha um plano para levar adiante.

Assim que o avião do Josualdo partiu para uma viagem de vinte dias pelo Norte eu voltei pra casa e fui me aprontar para a noite. Vesti uma roupa que marcava bem minhas curvas, coloquei uma blusinha cheia de brilho, passei da minha melhor maquiagem e um bom perfume e fui ser a puta que eu sempre quis ser no posto de gasolina onde eu sabia que ficavam vários caminhoneiros. Eles teriam a mulher mais bonita da noite, mais perfumada e com um arsenal de palavrões mais quentes para a hora da fudelância pelo preço mais barato daquele mercado noturno. Eu havia pensado minha estratégia por meses. Tinha de ser tudo muito meticuloso, qualquer erro acarretaria em um debacle do qual eu não me ergueria nunca mais, e o que optava fazer agora para ver uma ideia se transformar em realidade terminaria por ser forçosamente meu destino. Não há derrocada maior do que fazer por dinheiro o que se poderia fazer por amor – exceto se for em nome de um objetivo, claro.

Cheguei por lá, me sentei à mesa de um bar em frente ao posto e pedi uma cerveja. Eu não poderia ficar no ponto junto com as outras garotas porque elas poderiam se sentir ameaçadas e partirem para a agressão. E só de imaginar uma navalha rasgando meu lindo rosto em qualquer parte que fosse eu me desesperava. Esperei que os clientes chegassem. E não demoraram. Logo um chegou e perguntou se podia sentar à mesa comigo. Eu disse que sim. Conversando com ele descobri que a rota dele nunca incluía a região que eu precisava, a do Tocantins. Ele disse que "o pessoal do Tocantins" chegava por ali no dia seguinte. Por conta dessa informação, eu dei pra ele de forma inesquecível, já imaginando a próxima noite. Ao final, ele perguntou há quanto tempo eu estava nessa vida. As meninas sempre pedem o pagamento adiantado, ele me informou. E quem disse que não foi esse o meu caso?, retruquei. Me levantei, vesti minha roupa e fui para casa. Ele ficou sem entender, e por mim tudo bem.

Na noite seguinte eu estava no mesmo lugar, esperando os motoristas que trafegavam pela região do Tocantins. Lairton apareceu e disse que estava partindo para lá pela manhã. Por que a garota quer saber? Porque preciso encomendar uma coisa que só tem por lá. E o que é? Eu quero três ou quatro piranhas-pretas, a legítima *Serrasalmus rhombeus*, que soltinha em seu habitat pode chegar a quarenta centímetros e quatro quilos. O homem se assustou. E pra que é que você quer um peixe perigoso desses? Percebi que ele ia fazer alguma piadinha infame, do tipo "piranha que coleciona piranhas", mas o sorriso gaiato que precedia a piada se desfez quando, suponho eu, ele vislumbrou a possibilidade de não me comer mais. É para o meu marido, respondi. Só meio segundo depois me dei conta de que havia informado a ele que era casada. Ele nem sequer ergueu uma sobrancelha. Escrúpulos:

quem tem? Bom, de qualquer forma, não era mentira, afinal. Mas logo em seguida eu disse uma, Ele está querendo começar a criar piranha em cativeiro, e a melhor maneira de conseguir esses peixes é através de caminhoneiros que possam aceitar a incumbência. Posso recompensá-lo bem, continuei.

Lairton partiu para o Tocantins com duas certezas: a de que eu era uma mulher excêntrica – o que no vocabulário pedestre dele significaria apenas louca – e para ele certamente a mais importante: se ele voltasse para mim com as piranhas-pretas iria receber a melhor surra de buceta da sua vida, e ia poder conferir, em qualquer posição, que tanto eu quanto elas somos insaciáveis.

Antes do sexo, pra mim, sempre veio o amor. E é nessa questão que ao longo de todos os anos de minha vida estiveram centradas minhas maiores contendas e conflitos comigo mesma. Como se eu tivesse uma inflamação nas costas num ponto onde eu não pudesse alcançar sozinha e a visse infeccionar, estourar, o pus amarelo-esverdeado saindo de dentro aos borbotões, o cheiro acre invadindo minhas narinas e me queimando os olhos – um problema que eu sei que tenho, que posso sentir, ouvir, cheirar e ver – mas sobre o qual eu nada pudesse fazer porque minha mão não chega até ele, porque não posso tocá-lo. Então, para que eu possa me livrar do problema, estou constantemente dependendo da mão corajosa que esprema a ferida, por mais que tenha que ouvir meus gritos de dor. Os dias passam, eu estou aparentemente curada, mas o pelo encravado que ocasionou a inflamação volta de tempos em tempos, de modo que me acostumei a viver com o problema, a administrá-lo. Foi assim desde a infância. Desde a minha primeira paixão, quando eu tinha tão pouca idade que ainda nem sabia que haveria de ser corrompida por um ideal inatingível de felicidade para o qual eu passaria a querer viver.

Minha mãe deu um grito quando viu minha calcinha melada de sangue aos onze anos. Meu Deus, minha filhinha menstruou, minha filhinha menstruou! Por que você não disse isso pra mim, Cacildinha? É Cacilda, mãe. E filha, disse a ela. Nunca gostei de diminutivos. Eu aqui preocupadíssima com sua nova situação e você preocupada com vocativos, é de lascar, minha filha! Mas se nem eu estou preocupada com isso, por que você vai estar?, retruquei.

Eu não estava atormentada com aquela novidade por um motivo muito óbvio: eu não estava menstruada coisa nenhuma. Eu tinha dado para um menino da minha rua na noite anterior e não vi que tinha escorrido aquele sangue pra minha calcinha, que joguei no roupeiro assim que cheguei, e que agora minha mãe encontrara quando fora pegar as roupas para lavar. Contudo, era preciso manter a justificativa criada por minha mãe, que não imaginava outra possibilidade além daquela, a de que minha menarca tinha chegado de forma talvez um pouco precoce demais, segundo ela.

Acho que já comentei que meu problema sempre foi o amor. Tudo começou ali. Eu fiquei viciada no Jorge. Mas quando a gente se encontrava, geralmente depois que ele voltava do colégio, ele sempre me dizia, Se descobrirem o que a gente anda fazendo eu estou morto. E era verdade. Jorge tinha dezessete anos, o que naquele tempo era uma grande diferença de idade: ele já estava de saída da escola, eu tinha acabado de deixar de chamar professora de tia. Mas dei porque quis, ele não me pressionou. Aliás, até a gente começar a criar uma rotina sexual, eu o achava até um cara meio morto, sem graça. Com o passar do tempo ele foi se soltando. Isso até eu falar em namoro. Tá louca, Cacilda, eu namorar uma menina de onze anos? Mas ninguém precisa saber... Eu quero namorar pra que você seja só meu, eu disse. Hoje, quando lembro dessa frase, gargalho sozinha da minha ingenuidade, embora eu sinta e saiba que aquela menina de onze anos nunca me abandonou completamente. Apesar de precoce para muitas coisas, para outras o romantismo que a construção social tenta incutir em quem nasce mulher se agarrou em mim com força. Jorge estava prestes a entrar na universidade, a descobrir o mundo das calouradas e farrinhas com os amigos, a conhecer corpos mais desenvolvidos, e não aquela menininha de voz fina e com duas pitangas no lugar dos peitos.

Acontece que àquela altura eu já era uma menina apaixonada, e a rejeição do Jorge foi o que estava faltando para eu liberar o ódio que, sem saber, vinha acumulando. Contei aos meus pais que Jorge tinha me forçado a fazer sexo com ele. Minha mãe se levantou da cama de um pulo, e olhando para o meu pai, perguntou, Onde está a arma? Ele a trouxe de volta para onde ela estava e disse, Deixe a menina terminar. Quando eu terminei, eles tinham tomado outra decisão: não iriam matar ninguém, mas iriam atormentar. Meus pais furaram os olhos do cachorro da família, que era criado no meio da rua, riscaram o carro dos pais de Jorge, jogaram bosta na calçada deles, lançaram uma lata com estopa pegando fogo no teto da casa, que por sorte escorreu pela calha, caiu no chão do quintal e apagou. Tudo isso ao longo de meses, pagando alguém pra fazer ou fazendo um deles mesmos, tomando cuidado para que não houvesse testemunhas. A situação piorou quando meus pais mostraram os exames confirmando que eu havia sido deflorada. Ou eles davam um jeito naquele filho, ou eles iriam levar a questão para a polícia. Jorge e seus pais deixaram a vizinhança uma semana depois e eu nunca mais ouvi falar deles.

O futuro também me reservava surpresas. Talvez desconfiando de que eu não era assim tão pura, fui levada a um internato administrado por freiras, onde eu passaria a morar com outras quinhentas meninas. O único homem que eu via por lá era o padre com quem a gente se confessava uma vez por semana, e sempre observado de longe pela madre Paulínea, que ficava por perto para se certificar de que nem o homem cairia em tentação, nem as crianças curiosas fariam com que o homem fosse arrastado para o pecado.

Mas não foi o padre que fez de mim uma pecadora novamente. Foi a Aline, que conheci no meu segundo ano por lá, quando eu já estava com treze. Aline dividia o beliche comigo e tinha sérios problemas de insônia. Dizia que até ir parar ali só dormia com a mãe, que cantava ou lia para ela até que o sono viesse. Um dia, ouvi Aline chorando baixinho. O choro da menina no extenso quarto de dormir, onde beliches ficavam lado a lado no escuro, não pareceu afetar o sono de ninguém. Quando ela percebeu que eu me movimentava, perguntou num sussurro, Cacilda, você está acordada? Estou, respondi no mesmo tom de voz. Eu não estou conseguindo dormir, ela disse, e estou com saudade da minha mãe. Lembrei do que ela havia me dito sobre como chegava a ter sono. Espere aí, falei e, devagarzinho, desci as escadas até a cama dela. Ela se afastou para que eu coubesse melhor naquele espaço estreito. Nossos braços se tocavam, eu ouvia a respiração nervosa de Aline, por isso resolvi dizer, Fique tranquila, a gente vai dormir juntas. E se nos pegarem desse jeito?, ela quis saber. Não vão, eu vou subir para a minha cama antes do horário de nos levantarmos para o café da manhã. Eu a abracei devagar, encostando meu rosto no dela. Senti um cheiro acolhedor de sabonete. Então, passei meu braço esquerdo por cima do seu busto e comecei a fazer carinho no seu rosto. Em seguida, fui descendo minha mão para os seus peitos, que acariciei com delicadeza, até sentir os mamilos se enrijecerem. Num outro passo de ousadia, enquanto dava beijinhos silenciosos no seu pescoço, levei minha mão até sua vagina, e fiquei acariciando a fenda com meus dedos, que logo ficaram encharcados. Aline estava louca de tesão, e eu também. Ouvi um gemido surdo quando coloquei a primeira falange no meio de sua xoxota e mexi devagar. A vontade dela era se contorcer de prazer, mas os beliches antigos rangiam por qualquer movimento, e ela se conteve. Seu corpo transferiu o prazer para a respiração. Aline ofegava. Eu disse para ela aproveitar aquele momento sem fazer barulho, Deixa que eu cuido de você. Poucos minutos depois, Aline teve o primeiro orgasmo da sua vida, e dormiu em meus braços como há tempos não conseguia. Todas as noites, depois dos meus dedinhos, ela caía no sono. Não tinha mais pra essa história de saudade de mãe.

Claro que uma hora isso ia dar errado. Não porque alguma das outras meninas fosse nos delatar, mas porque, esgotadas pelo cansaço, acabamos sendo descobertas.

Já fazia algum tempo que eu havia ensinado Aline a fazer o mesmo percurso falângico no meu corpo. Até o dia em que fomos pegas no flagra. Assim que gozávamos eu subia em silêncio para o meu beliche. Um dia, falhamos. Adormecemos ainda uma com o dedo dentro da outra. Acordamos com umas quinze meninas ao redor da nossa cama, gritando todo tipo de impropérios contidos na capacidade da imaginação. Aline chorava, encolhida na cama. Eu, não. Eu me levantei, baixei meu vestido de dormir e comecei a estapear e esmurrar todas as meninas que riam. Quando sentiram o peso da minha fúria, correram. Nisso, chegou a madre superiora, atraída pelo barulho no quarto de dormir. Pegou a mim por um braço, Aline pelo outro, e a partir daquele instante nunca mais fomos vistas no internato. E eu também nunca mais voltei a saber notícias da Aline. Aos treze anos, eu já somava algumas perdas significativas. Mal sabia eu que haveria mais, bem mais, e que um dia minha maneira de revidar seria infligir perdas aos outros. Talvez se eu não achasse que era a única a perder sentiria o mundo mais justo e equilibrado, e viver continuaria a ser um desafio que valia a pena. Autodefesa. Método de sobrevivência. Dê o nome que quiser, qualquer que seja a forma de jogar a vida pra frente é válida.

Minha mãe leu a carta da madre superiora na minha frente. Meu pai havia saído pra trabalhar, só por isso escapei da dupla humilhação. Que história é essa de ser expulsa por "atos libidinosos", Cacilda? Silêncio. Hein? Então era mesmo o que eu pensei todo esse tempo? E o que foi que você pensou, que eu gosto de mulher? Não, minha filha. Que você é uma safada. Que pra você qualquer forma de esfregar na cara dos outros as suas vontades é uma forma válida de expressão. Você saiu daqui com um currículo sexual pequeno, e foi ser autodidata lá no internato e ensinou às outras o que você mesma queria descobrir. Muito bem, mamãe, só prova que conhece a filha que tem. Pronto, posso ir para o meu quarto? Minha mãe deu uma risadinha sarcástica. E quem disse que você ainda tem quarto aqui? Me fudi, pensei. Pra onde eu ia agora?

A solução chegou mais rápido do que eu pensava. Saí da casa dos meus pais com a mesma pequena mala com a qual eu vim do internato e fui para a estrada pedir carona. Pra onde? Não fazia ideia. Pra longe dali, pra longe dos meus pais. Entrei no carro de um homem a caminho de São Paulo. Ele não me pediu pra passar a mão nem chupar a pica dele. Ele não me pediu pra ser a filhinha dele, nem pediu pra eu fazer faxina na casa onde ele morava, mas depois de ouvir a minha história, da qual eu não escondi nada, ele disse, meio rindo, Mas você é um pássaro bem danadinho, hein, moça? Você tem bem mais idade do que aparenta. Por dentro, eu digo – complementou. Entendi o que ele quis dizer e balancei a cabeça: sim. Como eu disse, ele não me pediu nada. Mas ofereceu. Abra o porta-luvas aí na sua frente. Tem uma maçã, coma. Não hesitei, estava faminta. Enquanto ele me ouvia mastigar, falou na esposa, que era recém-casado e que tinha uma pequena livraria. Não ia poder fazer muito por mim, não tinha como me acolher. Mas que se eu quisesse podia ser sua ajudante na livraria, e eu poderia dormir no andar de cima, onde ficava o depósito, enquanto não arranjasse para mim um destino. Tudo isso depois de discutir com a esposa dele, claro. E foi assim que ele me ofereceu a oportunidade de nunca mais ver meus pais.

Você tem certeza de que não quer voltar para os seus pais? São eles que não querem mais me ver, moça. E eu só quero estar perto de quem me queira. A pergunta fora feita por Daiana, a esposa de Clécio, eles que eram donos da pequena livraria. *Os passeios literários*, dizia o letreiro na frente. Não demorei a descobrir o significado daquelas palavras para os clientes que eu atendia, mas sobretudo para mim. Eu aprendia com a voracidade de quem descobre dentro de si a necessidade de viver o impossível. Com a mesma força e vontade, me instalei no que seria meu lar realizável. Havia uma breve chama, a que eu nomeara de pequeno sonho, de que em algum momento eles me adotassem. No tempo das colheitas, que não eram para já. Nada era. Mas fui abraçada por eles e por lá diziam que ficaria em definitivo.

Tomada a decisão, colocou-se em prática o que Clécio havia me prometido ainda dentro do carro. Foi a partir dali que os livros se tornaram meus melhores amigos. O andar de cima era pequeno, cheio de pilhas de livros que chegavam duas vezes por semana. No espaço, mal cabíamos eu e os livros que deveriam ser distribuídos nas prateleiras, mas era ali que a vida acontecia pra mim. As paredes de madeira escura e pequenas janelas quadradas no teto e nas laterais faziam com que o ambiente ganhasse uma estética charmosa, bonita de ver, gostosa de se estar. Eu subia pela escada em caracol nos fundos e passava lá a hora do meu almoço lendo. À noite, quando Clécio e Daiana iam embora, eu ficava lá, lendo até tarde. Descobria o mundo. Conheci o sertão de Graciliano e José Lins, a perversidade de Sade, os versos de Gilka Machado, os mundos de H. G. Wells. Eram tantas as possibilidades, eram tantas as descobertas, que me saber tão jovem era também um alívio: eu tinha a sensação de que teria todo o tempo do mundo para ler de tudo.

Mas o que é o tempo? Um intervalo entre dois espantos: o de saber-se vivo e aquele ínfimo, que antecede a consciência de que a partir de um certo momento se deixará de existir. Foi no dia do assalto que aprendi sobre o escoamento do tempo, foi quando vi a ampulheta que paira sobre nossas cabeças como a espada de Dâmocles. A loja já ia fechar e eu estava organizando algumas coisas que queria deixar prontas para o dia seguinte, quando ouvi um barulho qualquer no andar de baixo. Meu primeiro impulso foi o de ir verificar o que estava acontecendo, mas ouvi um homem falando firme, Cala a boca, porra! então estaquei. Era preciso ficar atenta, em estado de alerta para compreender o que estava se passando. O barulho que faziam era muito audível porque a livraria era pequena, e naquela hora, provavelmente só estavam lá embaixo mesmo Clécio e Daiana. Ouvi alguém esmurrar o balcão de madeira, impaciente, e em seguida, um tiro. Percebi que alguém retirava às pressas tudo o que conseguia de dentro da caixa registradora. Então, ouvi Clécio gritando alguma coisa. Mais tiros. Dois, três, e o barulho da porta da frente batendo com força, o sininho que anunciava a entrada ou saída de alguém reverberando no silêncio que ficou.

Por muito tempo – meia hora, uma hora e meia? – eu não tive coragem de descer, porque sabia o que ia encontrar. Sentei no primeiro batente da escada e chorei. Eu tinha certeza de que aquela parte da minha vida acabava ali, e acabou mesmo. Clécio levou três tiros na boca. Daiana, um tiro no pescoço. Dois anos depois de ter sido forçada a sair da casa dos meus pais, mais corpos se empilhavam sobre mim. Vivos ou mortos, era preciso seguir adiante sem eles. E foi o que fiz.

A polícia não me deixou fazer muita coisa sozinha. Mas para a minha sorte, quando eles encontraram meus pais, minha mãe havia se transformado numa mulher mirrada e sem vida, não digo nem um caco, porque um caco ainda é pedaço de alguma coisa, e ela parecia não pertencer mais a coisa alguma, era uma massa amorfa e decrépita, que estava agora aos cuidados de uma irmã mais velha. Soube que pouco tempo depois d'eu ter sido expulsa de casa, ela começou a desenvolver problemas de fala. Meses depois, passou a ter dificuldade para locomover-se e, no momento seguinte já estava completamente dependente dos outros para tudo. Minha mãe estava irreconhecível, com a pele sem vida, o olhar perdido e os cabelos esquálidos, escassos. Mas como em toda pessoa acometida da Esclerose Lateral Amiotrófica – ELA – a mente continuava perfeita. Começou a chorar assim que me viu. Tentou fazer um esforço para mover os braços, certamente deixando claro que queria me dar um abraço. Eu nem me mexi. Fiquei onde estava, vendo-a chorar, sabe-se lá o que se passava na cabeça dela naquele momento. Não me interessava. E não que eu tivesse desejado por um só dia, mas vê-la ali, na minha frente, naquele estado, me dava o sentimento de que deveria existir algum tipo de justiça nesse mundo. A assistente social perguntou se eu tinha interesse em morar com ela e a minha tia. Prefiro estar morta, disse para que todos ouvissem. O mais perto de pai e mãe que eu tive tinham acabado de ser assassinados. E meu pai biológico tinha mudado de endereço: habitava agora uma cova num dos cemitérios públicos da cidade. Mas ele teve sorte, teve das melhores mortes possíveis: morreu dormindo. Dormiu ao volante e bateu de frente com um caminhão carregado de gás. O caixão era só simbólico, claro. Nem o doutor Frankenstein conseguiria juntar as partes dele e montar outra pessoa. Ainda que quisesse um monstro.

Por fim, o Conselho Tutelar conseguiu que eu ficasse na casa de um dos irmãos de minha mãe, Ricardo, que era casado com uma mulher que queria que eu a chamasse de tia Vânia. Eles tinham um filho relativamente da mesma idade que eu. Fui para lá com a mesma malinha que eu carregava desde o internato, e o mesmo sorriso no rosto de pretensa alegria.

A mulher do meu tio passava o dia inteiro fazendo bolos e salgadinhos de festa, que mais pro final da tarde ela mesma colocava dentro de um Fiat Uno e ia entregar. Voltava para casa por volta de oito ou nove horas da noite, exausta e doida por um banho e cama, que era a sua forma de se preparar para enfrentar o dia seguinte. Na segunda semana que eu estava lá, mal ela saíra de casa com as entregas para meu tio me chamar no quarto e dizer para segui-lo. Fomos até o seu quarto, onde encontrei meu primo Felipe nu, alisando o pau, um pedaço de carne mole. Felipinho aqui anda com uma fama esquisita na escola, Cacildinha. Eu quero que você pague a comida que come e o espaço que ocupa nessa casa mostrando que os colegas de escola dele estão errados. Olhei ao redor, procurando alguma coisa perfurante. Não havia nada, era como se o puto tivesse antevisto essa possibilidade. Resolvi resistir. Eu não quero. Eu não disse que essa era uma opção, disse?, ele falou, com um sorriso canalha no canto esquerdo dos lábios. Em seguida, me jogou sobre Felipe, que se afastou um pouco, mas reaproximou o corpo quando sentiu sobre si o olhar do pai. Ele me pegou pela cintura e tentou me beijar, eu desviei o rosto e seus lábios roçaram meu pescoço. Felipe era tão desengonçado, e fazia aquilo de uma maneira tão claramente sem vontade que por um instante eu senti pena. Anos depois eu saberia que os colegas de colégio do meu primo sempre tiveram razão. Naquele instante, porém, em que eu precisava pensar numa maneira de me livrar daquilo, deixei que ele ficasse se esfregando no meu corpo, com efeito zero sobre o pau dele. Eu estava achando que ia ficar naquilo quando meu tio me pegou pelo cabelo com força e disse, Se ele não quer, eu vou querer. Meu primo levou as duas mãos para a frente da boca, sufocando um grito de espanto, e se encolheu no chão, ao lado da cama, enquanto via, ou pelo menos ouvia, meu tio me violentar.

Aquilo, ou algo muito semelhante, aconteceu quase todas as tardes. Bastava minha "tia" sair pra ele ir me caçar onde eu estivesse na casa. Um dia me tranquei no banheiro. Ele insistiu, bateu à porta, mas sabia que se a destruísse iria ter que se explicar para a mulher. Você não vai ficar aí pra sempre, Cacilda. E da próxima vez que eu te pegar, vai ser pior. E foi. No dia seguinte ele me segurou, amarrou meus pulsos e enfiou o cabo de uma chave de fenda no meu cu. Depois, arrancou a ferramenta de dentro de mim e a jogou na parede; em seguida, com o corpo em cima do meu, me violentou brutalmente, enquanto meu ânus sangrava. Em todos os anos perdidos de minha vida, aquela foi a primeira vez que eu senti vontade de matar alguém. Fechei os olhos e o que me vinham eram as imagens de tudo o que eu tinha vivido até ali, de tudo o que eu tinha vivido *para estar* ali.

No dia seguinte amanheci com dores por todo o corpo. Surgi na soleira da porta da cozinha como um vulto. Entre um abrir de armários e fornos, tia Vânia percebeu a minha presença e se assustou, O que você tem, Cacilda? Que pergunta difícil, pensei. Por favor, me deixe ir com você fazer as entregas hoje. Do jeito que você está aí? De jeito nenhum, você vai derrubar minhas encomendas. Continuei parada por alguns segundos, esperei que ela olhasse novamente para mim e disse, Carcereira. Dei as costas e voltei para o quarto. Aquela havia sido minha última tentativa com ela. Seria preciso apelar. Enquanto Ricardo dormia depois do almoço, chamei meu primo para o meu quarto. Felipe, escute o que eu vou lhe pedir: quando sua mãe sair para as entregas, deixe o portão da frente aberto. Não o tranque. Eu preciso ir embora daqui, Felipe. Eu sei que você também, mas eu vou voltar pra você, prometo. Eu vou dar um jeito de lhe tirar daqui também, sei que se você ficar preso aqui sua vida nunca vai acontecer de verdade.

A escapada daquele inferno aconteceu mais algumas semanas depois. Felipe sinalizaria quando desse para ser, seu pai era quem ficava com a chave do portão a maior parte das vezes, seria preciso esperar o momento certo e estar pronta. Passei os dias seguintes deixando eles fazerem tudo o que queriam comigo: eu lavava toda a louça do almoço e da janta, lavava as roupas, limpava o cocô do cachorro e dormia num vão que tinha debaixo da escada, num colchão imundo que fedia a xixi de gato. A rotina de sempre. Mas fiz tudo calada. Queria que quando eles notassem o meu sumiço não tivessem a hipocrisia de se perguntar o porquê. Queria que eles dissessem, Mas também, olha só o que fazíamos... Claro que isso era eu romantizando tudo de novo, gente desse naipe não se reavalia nunca. Estão a toda hora dispostos a fazer tudo de novo, desumanizar outra vida. Para eles, é sempre tempo.

O momento perfeito aconteceu quando Ricardo abriu o portão da frente para tia Vânia sair, trancou e deixou as chaves num canto do sofá, quando foi então para a sua sesta. Felipe sinalizou, abriu o portão em medido silêncio, deixou que eu me fosse, antes dizendo Não me deixe desidratar aqui. Não deixarei, garanti. Ele trancou o portão novamente e, imagino, deve ter devolvido as chaves para o lugar onde elas estavam, deixando subentendido que o vacilo fora do próprio Ricardo.

Fui para as ruas e voltei às minhas origens: eu havia acabado de completar dezessete anos e continuava sem raízes. Meu corpo, porém, não parava de se impor. Eu já não era aquela menininha que perdeu o cabaço com o vizinho aos onze anos. Quando me via num espelho enxergava uma mulher. Deve ter sido por isso que fui abordada por uma garota mais ou menos da minha idade enquanto perambulava pelas ruas do Centro. Escuta, você não quer trabalhar num bingo? Eu olhei praquela voz que surgira ao meu lado do nada e ri um riso meio constrangido. A menina continuou, Eu trabalho lá e uma vez a cada dez dias vou às ruas pra recrutar alguém que faça o perfil do negócio. Eles pagam um salário fixo, comissão e dão um quarto pra gente morar, se quisermos ficar por lá. Ela me olhava como se estivesse numa mistura de propaganda de creme dental e tentativa de vender um pedaço de terreno no paraíso – algo que eu entenderia no futuro. Devia ver na minha cara e nas minhas roupas que eu não tinha pra onde ir. Mas era também sagaz: sabia que depois de um bom banho havia um cisne por se revelar ali. Topo conhecer o lugar, falei, enterrando para sempre a promessa que havia feito ao meu primo, de quem já não lembrava mais no dia seguinte – e de quem só voltaria a ter notícias anos depois.

Engraçado como tem lugar que engana a gente. A menina, que se anunciou como Fabiana, me levou por uma portinha, que fechou quando passamos. No corredor havia uma escada e um elevador. Ela apertou um botão, entramos e ela disse, Vou te mostrar direto o andar onde você vai trabalhar. Eu tentei replicar, dizer que ter entrado ali não significava muita coisa, mas ela foi logo metralhando um assunto atrás do outro, e de repente estávamos num salão gigantesco do qual não se teria noção do tamanho olhando o prédio por fora. Dezenas de telas de todos os tamanhos, mesas, cadeiras, luzes de diversas cores espoucando e recolorindo o ambiente, máquinas caça-níquel, roletas, mesas de carteado e um bar em cada ponta do local. Àquela hora da tarde o lugar que Fabiana chamara de bingo estava repleto de pessoas de meia idade e garçonetes circulando de patins e minissaias, atendendo aos clientes nas mesas. Se movimentavam com um constante sorriso, fazendo parecer que o trabalho era fácil. Eu estava prestes a descobrir, embora naquele momento eu ainda não tivesse tanta certeza.

Fabiana me disse que chegara ali através de uma agência de modelos: quando ela percebeu que o sonho de modelar não iria pra frente e que não havia mais dinheiro, um rapaz de dentro da agência dera a ela um cartão e disse que faria a ponte para ela ter onde se empregar e não precisar voltar para onde quer que ela tivesse vindo. Meses depois ela soube que a agência de modelos era também mediadora desse bingo, ao conhecer outras garçonetes, garçons e crupiês que afirmaram vir de lá, mas já era muito tarde pra voltar atrás: ganhava um dinheiro bom o suficiente para querer ficar. E foi aquilo que me convenceu, embora, àquela altura, eu ainda não tinha como saber a que preço.

Como o local era clandestino – pelo menos oficialmente, porque é claro que alguém recebia rigorosamente em dia para manter uma estrutura daquele tamanho "esquecida" – o fato de eu ainda não ter 18 anos não importava em nada. Eu receberia tudo em dinheiro, entraria e sairia pela mesma porta sempre que precisasse, não haveria problemas, me garantiram. Fabiana me apresentou ao gerente, Eduardo, que me levou até o quarto que eu habitaria sozinha, no quinto andar, que era onde ficavam todos os dormitórios, e me disse que estaria à disposição para o que eu precisasse mas que, naquele momento, ele gostaria que eu só deixasse ali os meus pertences e fosse à sala dele, era preciso tratarmos de algumas questões.

Entrei no quarto e a primeira providência que tomei foi a de jogar no lixo a carteira do meu tio que havia roubado ao fugir da casa dele – na verdade, eu fiz melhor: na saída, peguei a carteira com todos os documentos dele, só pra que ele tivesse o trabalho de providenciar tudo de novo. Gente escrota não merece um segundo de paz.

Nos dias seguintes eu fui aprendendo a me locomover pelo espaço de patins, a como servir e o que dizer aos clientes e, principalmente, sobre a maneira de ganhar um dinheiro extra. Tudo observado de perto por Fabiana, que ia me ensinando como se eu precisasse de proteção. Você sabe por que dormimos em quartos individuais, não é?, me questionou minha nova amiga dentro do elevador enquanto subíamos para os nossos dormitórios. Devolvi um olhar como resposta e deixei que ela completasse. A maioria dos caras que vêm aqui não querem apenas jogar, querem também trepar com uma de nós. Se o cara quiser topar o investimento e você também, só levá-lo para seu quarto. Mas Eduardo precisa saber.

Eu não ia fazer perguntas. Fabiana vinha ficando perto demais de mim desde que cheguei, e eu não tinha como saber até onde podia confiar. No final da semana, conforme prometido, Eduardo me chamou para a sua sala para a prestação de contas. Você levou só dois clientes para o seu dormitório? Eu nem sabia que ainda podia ficar ruborizada, mas diante da pergunta à queima-roupa, fiquei. Como era estranho ser jovem. Respondi que sim. Do valor do serviço prestado, ficamos com 15%, Cacilda, que é o valor do aluguel do quarto. Não cobramos nada pelos dormitórios, exceto quando nossas meninas ganham alguma coisa com eles. Continuei calada, esperando o que ele ia dizer. Não era o que me havia sido informado logo que eu cheguei ali. O dinheiro que ganhávamos por semana poderia mais do que triplicar se fizéssemos programa no bingo, mas 15% era muito. Fui conversar com Fabiana, que recomendou, Sossega, tem lugar que cobra 25%.

Um ano depois Eduardo estava me solicitando para abordar meninas nas ruas, exatamente como acontecera comigo. A cada menina que eu conseguisse, minha taxa por ocupação do dormitório cairia 5%, podendo facilmente ficar zerada, ele me garantiu, sem mencionar, é claro, que fazer esse trabalho de abordagem me custaria a comissão recebida pelo atendimento no salão, onde eu trabalhava desfilando de patins e no ar-condicionado, além de poder conseguir algum cliente para subir ao quarto comigo.

Eu estava quase me decidindo a ir morar em outro lugar e conseguir clientes sem ter que dividir meu pagamento com ninguém quando conheci Anselmo. Um homem lindo, de uma pele naturalmente morena e um braço desses que conseguiam levantar um carro. Era a primeira vez dele ali, um cara daqueles não passaria despercebido ao meu olhar, cada dia mais afiado. Fez um sinal com os olhos e um movimento de cabeça enquanto eu passava para servir uma outra mesa. Quando fui para onde ele estava perguntei no que poderia ajudar. Uma água tônica, por favor. Quando eu trouxe, o resto da conversa ocorreu com muita rapidez quando ele perguntou, O que mais você poderia fazer por mim? Era um cafajeste. Depende do que você estiver disposto a pagar. Fiz um movimento com os cabelos e dei um sorriso que havia aprendido desde os tempos do Jorge, e que de lá para cá eu só vinha aperfeiçoando.

Fomos ao quarto assim que meu expediente acabou. Tomamos banho juntos, brincamos com a liberdade permitida entre os nossos corpos, o único paraíso possível. Eu já me sentia entregue quando o ouvi dizer bem ao lado do meu ouvido, É capaz d'eu sair daqui um homem apaixonado. Segurei os joelhos para que eles não dobrassem, minhas pernas querendo involuntariamente se cruzar, o corpo molhado do banho, minha buceta lubrificada e estufada, como um terreno que recebeu água de chuva na noite anterior ao que nela se iria plantar. Ele levou quatro dedos da mão direita para o meio das minhas pernas enquanto lambia a minha orelha e beijava o meu pescoço. Diz o meu nome, diz o meu nome, fala que quer o Anselmo aí dentro, vai. O desejo rodopiando ensandecido enquanto o sonho me perguntava se eu tinha ido até ali para encontrar o tal do amor e alguma coisa me dizendo que não, um homem daqueles com certeza seria casado, eu que só queria deixar de ser puta. Queria? Eu não fazia ideia do que fosse o meu querer, a não ser daquele que me envolvia como uma dança encantatória.

Quando a noite acabou e eu me vi sozinha, percebi que estava tão perdida quanto sempre, mas naquele exato instante, mais do que nunca.

Anselmo passou a ir no bingo quase todos os dias. Dizia que estava apaixonado. E sua mulher? Eu não tenho mulher, sou divorciado. Ainda bem que estávamos no escuro, porque o olhar não é mudo. Eu só não venho aqui todo dia por causa da escala no batalhão, você sabe. Demorou menos de dois meses para ele querer ser meu Odair José. Nem pensar, eu disse. Não quero morar com homem de jeito nenhum. O quê que houve, minha rainha, qual o problema? Eu assumo você pra todo mundo, Cacildinha. Pra minha família, pra polícia militar inteira, pra quem você quiser. Você tá pensando que eu tenho vergonha de ser puta? Eu sou muitas outras coisas além de puta, Anselmo. E no dia que eu quiser dormir em cima do mesmo colchão que um homem, pode ter certeza que antes disso, quem eu quiser, a cidade inteira vai saber. Era só o que me faltava. Você não disse que gosta de mim?, desconversou o policial malandro. Gosto, mas isso não são horas, Anselmo. Ele se levantou, vestiu a cueca, deu um beijo na minha cabeça e foi embora. Àquela altura nós já falávamos frequentemente por WhatsApp e ele passou duas semanas sem entrar em contato. Então, uma mensagem: estou vivo, mas quase morri. Aquilo me pareceu tentativa de fazer com que eu caísse na rede dele. O que foi que houve? Tomei um tiro de raspão e fiquei hospitalizado, saí tem dois dias. E você não me avisou nem mandou me avisar antes por quê? É, quando eu vi já tinha entrado na dele. Eu não tinha como, minha rainha, fiquei apagado. Só me devolveram meus cacarecos na saída.

Marcamos de nos vermos na semana seguinte. Um dia antes dele vir eu fiquei sabendo pelo Eduardo que agora a casa ia ficar com 27% do que eu recebesse dos meus clientes e que o pagamento deveria ser feito diretamente na sala da direção, onde seria colocado um caixa por trás de um vidro espelhado e blindado. Novos tempos, avisou. Finalmente Fabiana caía na real e também mostrava insatisfação. O único jeito é não morarmos mais aqui, ela disse. Na mesma hora eu perguntei, Vamos dividir um lugar juntas? Dois quartos, dois banheiros, por mim tá bom. Atendemos nossos clientes em motéis depois que a gente sair do bingo.

Encontramos um apartamento pequeno mas aconchegante duas ruas atrás do bingo. Retirei minha maleta do quarto e avisei a Eduardo que estava desocupando o dormitório. Não disse nada sobre ir morar com Fabiana, mas ele deve ter entendido isso porque ela fez o mesmo anúncio a ele horas depois.

Coloquei um colchão na nossa minúscula sala porque havia uma porta que dava pra varanda e aqueles eram dias de muito calor; me deitei, exausta. Fabiana chegou e perguntou se poderia fazer o mesmo. Queria conversar até o sono vir. O dia já estava começando a clarear quando eu acordei com Fabiana acariciando meu clitóris. Ela colocou o dedo da mão desocupada na frente dos lábios, pedindo silêncio. Deixa, Cacilda, eu sei que você gosta. Eu segurei a mão dela, Que história é essa? Você não lembra mesmo de mim, não é? Eu respirei fundo. Não faço a menor ideia, disse. Eu era uma das meninas ao redor do seu beliche no internato, quando pegaram você e Aline com os dedos enfiados uma na outra e a irmã Paulínea deu sumiço em vocês duas. Aline era uma das minhas melhores amigas ali, chorei forte quando vi que ela não voltaria mais para a rotina da escola. Agora tudo fazia sentido: a atenção inicial quando comecei a trabalhar no bingo, a disponibilidade para me ensinar, e as outras coisas que eu a deixava fazer, mas não comentava, como me ajudar a calçar os patins, quanto cobrar pelo programa, como me portar diante de Eduardo.

Eu andava muito bem servida por aqueles tempos, Fabiana pelo visto não, mas o que custava fazer uma caridade em nome dos velhos tempos? Peguei a mão de Fabiana e coloquei exatamente onde ela queria que estivesse. Uma coisa devo confessar: a mulher me fez ter um orgasmo apenas usando os dedos e a pressão do punho, e aquilo era completamente diferente do prazer de um pau. Fazia tanto tempo que eu nem lembrava mais como aquilo podia ser bom, e com ela era. Me perguntei por que havia abdicado daquele tipo de gozo. Não importava. A partir da noite seguinte os colchões já estavam juntos no meio da sala, e eu passei também a retribuir. Fabiana se lambuzava nos meus dedos, na minha língua e no uso que eu fazia dos movimentos do corpo. Não era à toa que eu era a veterana.

Já na semana seguinte Eduardo começou a tornar a nossa vida mais difícil. Exigiu que passássemos mais horas tentando selecionar novas garotas – e ficar fora do bingo significava perda de comissões ou possibilidades de programa. Começou a estipular períodos mais longos para idas ao banheiro e ordenou que deveríamos atender mesas onde só estivessem mulheres. Tolinho.

O problema era que Anselmo já chegava no bingo procurando por mim. Eu já falei que não atendo mais aqui, disse a ele. Mas eu também gosto de jogar, posso? Com tanto bingo na cidade você vem logo aqui pra quê? Aqui eu posso jogar, bebericar alguma coisa e ainda ficar de olho na minha menina. Eu não refutei, deixei ele pensar o que quisesse. O dinheiro vindo dele era bom e regular, ele que fantasiasse. À noite, quando decidíamos não atender ninguém e mesmo cansada, era nos dedos e entrelaços de Fabiana que eu me encontrava.

A curtição durou pouco. Mal começávamos a colocar a vida no lugar, Eduardo chamou nós duas para a sala dele e perguntou o que estávamos pensando da vida agindo como estávamos dentro do nosso local de trabalho. Percebi que Fabiana olhou pra mim, confusa. Eu continuei olhando para ele. Soubemos que estávamos demitidas porque eles haviam recebido ligações anônimas informando que estávamos aliciando clientes do local para fazer programa fora dali, o que não era permitido, e que ainda estávamos roubando pertences dessas pessoas, que davam por falta de relógios, anéis e até pares de óculos. Eduardo calou a boca e ficou nos olhando com uma cara de O que vocês têm a dizer sobre isso? Fabiana então tomou a frente e disse, Era mesmo preciso inventar essa mentira para nos tirar daqui, Eduardo? Eu só quero o que você me deve, eu disse a ele. Ele soltou um riso sarcástico. Ah, deve, insisti. E vai pagar. Deixa eu te dizer uma coisa, Eduardo: eu sei exatamente quem são as pessoas que vocês pagam pra fazer vista grossa nisso aqui. Se eu não sair daqui com o que tenho direito se prepare para perder o seu emprego também, porque semana que vem isso aqui vai estar fechado. Esthér, faça as contas do que devemos a essas duas e pague, ele disse, erguendo o telefone da sua mesa e apertando um botão.

Enquanto eu aguardava Esthér, que eu sabia que existia mas nunca vi por trás do vidro, ouvi um tiro no corredor. E outro, seguido de uma súplica, um pedido para não ser morto. Mais passos no corredor, correria, parecia que havia uma pequena multidão. Então ouvi a voz do Anselmo gritando, Todo mundo pro chão, todo mundo pro chão *agora*! Àquela altura eu já podia ouvir gente gritando no térreo. Por não saberem ao certo de onde vinha a ameaça, os clientes saíam do bingo em debandada. Ao longe, pude ouvir a sirene de um carro de polícia; logo em seguida, o de uma ambulância. Eduardo abriu a porta para fugir, mas não teve coragem de passar por cima dos corpos no corredor estreito e do chão pintado de vermelho. Trêmulo, em choque, ele ficou estático, até que viu Anselmo olhar pra mim e perguntar, O que devo fazer com esse aqui? Se for atirar tem que ser para matar, falei com calma. Esthér saiu correndo de trás da cabine do caixa. Se matassem Eduardo, ela poderia ser a próxima da fila. Ambos correram pelas escadas. Eu rapidamente fui para o caixa e esvaziei as gavetas. Coloquei todo o dinheiro que encontrei dentro de um saco e disse para Fabiana e Anselmo, Vamos embora daqui. Calma, meu amor, não esqueça que eu sou agente da lei, vai ficar tudo certo. Vai ficar tudo certo uma ova, seus colegas vão querer confiscar toda a grana que eu raspei ali de trás. Vou no apartamento deixar isso aqui, que agora me pertence. Daqui a pouco eu volto para dar entrevista para os programas policiais.

E passei me desviando dos corpos e deixando pegadas vermelhas atrás de mim.

Quando fomos chamadas para o encontro com Eduardo, mandei uma mensagem de WhatsApp para Anselmo e pedi que ele fosse ao bingo, passando as coordenadas para que ele chegasse até a sala onde estaríamos. Eu desconfiava de que seríamos dispensadas e tinha medo de que caso Eduardo nos pagasse haveria um capanga para nos tomar o recebido e dar sumiço em nossos corpos. Em uma das noites que conversamos na sala de casa antes de dormir, Fabiana havia me contado que as meninas que pediam pra sair depois de demonstrar insatisfação com as decisões do local deixavam de responder seus telefonemas e mensagens telefônicas. E eu não havia nascido na véspera.

Conforme Anselmo me prometera, as coisas ficaram bem. Nem mesmo os agentes da lei que acobertavam o bingo foram indiciados em nada. Os policiais se entendem entre si. Encerraram a questão e o prédio do bingo passou anos abandonado, pelo que soube.

Com a parte que me coube do caixa de Esthér, cumpri o que havia prometido a Anselmo: passaríamos uma semana numa praia longe dali, só nós dois, e ele poderia dizer todos os dias que eu era dele. Pegamos o carro dele e seguimos pela estrada, que parecia não terminar nunca. O local era lindo, repleto de pores do sol que eu jamais vira antes. No caminho da volta Anselmo me mostrou um lago que havia por trás de um morro, onde deixávamos o carro porque quando a água do mar subia invadia o pequeno paraíso, onde naquela tarde, sentados juntos e de mãos dadas, balançávamos nossos pés calmamente dentro d'água, afastando os peixes.

Nos dias seguintes eu andava inebriada do cheiro do meu moreno jogado ao mar. Fabiana me procurava e eu a rejeitava. Você está apaixonada por ele, não é?, quis saber. Olhei para ela e disse, É um sentimento tão bom, menina. Ainda não sei definir, nem sei se quero, por enquanto deixo a casa como está. A verdade é que eu não tinha a menor vontade de me entregar a ela, de fazer programa, nada. Eu ainda tinha o dinheiro do caixa, dava pra manter a vida com o sentimento de que a toda hora era possível fazer o anúncio de uma nova felicidade. Mas as horas se desnudam.

Voltei de mais um encontro com Anselmo e entrei em casa sorrindo, estava um tantinho bêbada. Fechei a porta e coloquei a chave no claviário ao lado. Usando apenas a luz do celular, percebi que Fabiana já dormia profundamente. Deixei minha bolsa sobre a mesa, escovei os dentes e fui até o outro colchão dormir. Percebi que ela os havia afastado um do outro.

Sem ter para onde ir acordei no tempo que o corpo quis. Estranhei quando bati o pé em uma das pernas de Fabiana, que costumava acordar cedo e fazer café – no passado, para nós duas, nos últimos dias, apenas para si. Foi quando vi, com a claridade do dia, muitos comprimidos esparramados do outro lado do colchão.

Então, eu soube.

Na sua mão esquerda, uma caixa vazia de remédios controlados e outras espalhadas pela lateral de onde seu corpo estava. Peguei a caixa seguindo minha intuição e vi o pequeno papel que havia dentro: "Eu também era feita de amor e me cobri de esperança. No lugar onde agora durmo, ela não morreu". Fitei o corpo sem vida de Fabiana e desejei achincalhá-la, mas engoli o pensamento. Ela era agora uma forma de ausência que se fora, consumida pela solidão.

Fui até seu quarto e recolhi tudo o que encontrei em dinheiro. Eu não conseguiria mais ficar naquele lugar. Era hora de devolver o apartamento ao dono e procurar outro lugar pra morar. Embora estivesse ficando cada dia mais cansativo, nunca houve um único dia em que eu não enfrentasse os meus próprios medos. No meu peito não cabiam angústias.

Anselmo nunca respondeu a mensagem que eu enviei horas depois. Resolvi ligar – para nada, uma mensagem de voz avisava que o telefone estava desligado.

Duas perdas significativas em menos de 24 horas, mas eu não tinha tempo para me entregar ao luto. Passei a noite num hotel enquanto pensava no que ia fazer. Embora não soubesse, estava prestes a me tornar uma das mulheres mais ricas do Brás. Como isso aconteceu? Ora, fazendo o que eu nascera para fazer bem. E não, não é o que você está pensando. Eu nasci para ser uma mulher apaixonada. Não ter inibições é uma consequência de me sentir amada.

Conheci o Junan logo na primeira semana em que estava perambulando com minha maleta. Ele era o responsável pelos armários que as pessoas alugavam na rodoviária por hora ou dia enquanto precisavam desocupar as mãos. Cabia minha maleta perfeitamente, e com o dinheiro que eu havia levado da casa que ocupava com Fabiana, era o suficiente para eu alugar aquele espaço pelo tempo que eu quisesse enquanto não arranjava mais alguma grana.

Ele puxou conversa assim que me viu. Vai viajar pra onde? Pra canto nenhum, eu disse. Só preciso de um lugar para as minhas coisas. Ele guardou aquela informação e não disse mais nada. Junan era desses que já viram de tudo na vida. De longe, enxergava para além do que o olho podia ver. No dia seguinte, ele me viu abrindo o armário para retirar sabonete e xampu e indo para o banheiro tomar banho onde estavam outras mulheres que se preparavam para partir ou que chegavam de várias partes do país. Se aproximou de mim como quem ia fazer outra coisa e me viu por ali, Tá procurando emprego, garota? Se quiser eu posso falar do emprego perfeito pra você. Qualquer coisa, disse, me entregando um cartão, me procure aqui nesse endereço ou me ligue depois do meio-dia que a gente conversa.

A época do desespero ainda não havia chegado, mas era preciso evitar que ela se aproximasse. E o que barra o desespero é o dinheiro. Fui até o endereço de Junan, perto da rodoviária. Lá, eu o ouvi me dizer pacientemente que eu poderia ser uma das "juanetes", que era como ele chamava as meninas que se prostituíam numa casa de massagem num bairro de periferia – "mas onde só vai barão e gente fina", garantiu. Impus uma condição: eu escolheria meus clientes. Não queria trepar com gente suja ou que não quisesse se precaver. É claro, ele disse. Você é a menina mais linda da casa. Ninguém lá tem a juventude, o corpo e a beleza que você tem. Antes, porém, é preciso fazer um teste comigo. Se eu gostar, você segue adiante.

Sherazade precisou de mil e uma noites para não ser morta. A versão século XXI dela precisou só de uma. Evolução, o nome disso. Fiz Junan gozar tantas vezes e de tantas formas que no dia seguinte ele precisou arranjar alguém que fosse ficar nos armários da rodoviária no lugar dele. Se você for mesmo ficar aqui a gente pode brincar mais. Olha isso aqui, sua putinha. Meu pau tá inchado. Significa que foi bem utilizado, repliquei, com um sorrisinho de canto de boca. Pouco depois, ele me disse que precisava dar uma saída, mas que eu ficasse na casa dele àquele dia, porque ele queria conversar comigo mais tarde e me dar seu parecer. Vestiu a roupa e saiu calado.

O homem estava fisgado.

Junan chegou umas quatro horas depois. Com um olhar humilde, quase pidão, ele disse que não queria que eu me juntasse às outras juanetes. Quero que você seja só minha, disse, sem rodeios. Você quer uma namorada? Não. Eu quero uma mulher. Quero você casada comigo. Hoje eu lembro dessa frase e penso no despautério que ela representa, mas naquele tempo eu ouvi sininhos, trombetas, e já me imaginei vestida de noiva, esperando, apaixonada, meu homem no altar. Anselmo havia sido colocado para trás em definitivo: ter sido largada por ele sem explicações me ajudou no processo de repulsa que pensar em seu nome agora me fazia evocar. Neste momento eu já era outra, mas com os mesmos desejos: eu parecia carregar desde o berço um conflitante sentimento de abandono, o que me tornou a mulher carente que ainda sou. Eu te dou de tudo que o salário que você receberia aqui como juanete poderia te pagar, e mais ainda. E com a diferença de que você vai estar casada comigo, vou ser teu único macho.

Topei na hora. Depois de todos esses anos solta pelo mundo, de tantos abandonos e perdas, eu finalmente tinha a chance de me fincar em algum lugar e em alguém, crescer árvore frondosa, de caule grosso, rodeada pela segurança de uma floresta protegida por lei.

Na esteira de tudo isso, vieram outras verdades. Junan conseguira aquele negócio dos armários na rodoviária com o intuito de aliciar mulheres para sua "casa de massagem". Há anos ele vinha pensando em deixar outra pessoa no lugar dele, mas não confiava em ninguém para fazer as abordagens e aquele era um negócio muito arriscado. Talvez um dia, mas não agora, me disse. Ainda mais porque era ali que ele também recebia, dentro de alguns armários reservados para este fim, a droga que revendia toda semana para os clientes da sua casa dos prazeres. Ele tinha um fornecedor que mandava homens e mulheres diferentes depositarem a encomenda nos armários próprios. A pessoa chegava, dizia a senha, ele entregava a chave e a farinha era deixada lá. Era muito dinheiro para ele deixar na mão de gente em que podia não confiar muito bem, ou, na outra ponta do negócio, que chamasse a atenção na hora de arrebatar as meninas para a "casa de massagem". Ele disse que estava me contando tudo aquilo como forma de "demonstrar que confiava em mim", que "me queria para o resto da vida" dele.

O resto da vida pode ser muito ou pouco, embora quando a gente diga uma frase dessas queira deixar parecer que é algo aproximado ao para sempre. No nosso caso, teve vida de mosca. Isto é, três anos com um homem desse é muito ou pouco?, me diga. Porque conseguimos viver até perto dos meus vinte e seis anos juntos. Ele realmente me dava tudo o que eu queria, mas nenhum de nós dois conseguiu antever os problemas de uma relação. Um deles sendo o fato de eu ter concentrado poder demais nas minhas mãos. Era eu quem controlava a entrada e saída da droga que chegava no armário e a venda dela; era também eu que tinha começado a contratar outras juanetes.

Ora se eu ia deixar esse serviço continuar nas mãos do meu homem, mas de jeito nenhum. Aos poucos ele pareceu ter se arrependido de ter centralizado tanta coisa em mim. Acho que ele pensava na possibilidade da gente se separar ou de algo me acontecer. Se eu dominasse a contabilidade e a organização dos negócios, uma eventual saída de cena minha seria um golpe pesado. Outro problema, e esse mais crucial, era ele querer filhos e eu não. Mesmo assim, engravidei, mas perdi duas vezes espontaneamente. A outra eu mesma mandei tirar e disse que tinha perdido também. Isso foi um grande baque na nossa vida a dois. Ele passou quase quatro meses me rejeitando. Que merda, Cacilda, você não quer me dar um filho. Você sabe que não se trata de querer, eu mentia, O médico já disse que meu corpo provavelmente ainda não tem muita maturidade pra engravidar. A gente tem é que trocar de médico, porra! Esse puto não sabe de nada, que corpo é esse que não tem idade ainda pra engravidar com quase vinte e sete? Estamos fazendo o tratamento, não estamos?, reafirmei. Uma hora dá certo.

E teria dado mesmo, apesar da minha resistência, se antes eu não tivesse chegado em casa e visto ele de costas, fodendo uma das juanetes, de pernas abertas e sapato vermelho de salto alto, gemendo de um jeito que nem de longe dava tesão como eu sabia fazer. Mas ele pelo visto só queria uma buceta nova, ou uma que desse um filho a ele, sei lá o que se passava na cabeça daquele homem. E nunca mais tive como saber, porque peguei uma navalha japonesa que ele guardava na gaveta da cômoda ao meu lado e retalhei as costas do Junan de cima a baixo. Eu estava de um tal ódio que me transformei em potência descomunal. Junan não teve nem tempo de reagir. Eu filetei as costas dele como se fosse o corpo de um peixe. Vi a cara dele olhando horrorizado para mim, eu apenas sorri com ódio e disse, Quem manda não conseguir deixar essa piroca parada, caralho?! Tava achando que tinha casado com uma imbecil? Eu via o sangue se esvaindo do corpo dele e a pele ficando rapidamente muito pálida, os olhos vidrados anunciando a morte. Enquanto isso a mulher embaixo dele se debatia, tentando tirar o peso do agora cadáver Junan, que se esvaía em sangue sobre ela. A ira não havia diminuído. Segurei-a pelos cabelos e passei a navalha no seu pescoço. Ela também se debateu como se fosse uma piaba fora d'água, as pernas batendo no colchão em claro desespero. Não soltei seus cabelos até ela parar de agonizar, enterrei a arma no seu peito ainda com os dentes trincados e saí do quarto. Antes, disse, Não se iluda não: tudo que a gente tem não dura mais do que o tempo de um orgasmo.

Mas não sei se ela ainda estava viva para escutar.

Tomei um banho rápido só pra me livrar do sangue daqueles dois putos. Era preciso sair dali antes que seus corpos fossem descobertos. Eu não tinha dúvidas de que os capangas do Junan viriam todos atrás de mim, e eu seria uma mulher morta para pagar a honra de um homem que não valia nada.

Guardei numa valise de mão tudo o que eu pude de dinheiro e joias e chamei um táxi. Nas horas seguintes a polícia iria estourar o negócio de Junan na rodoviária e acabar com a sua casa de massagem. Eu não tinha dúvidas de que o negócio dele iria apenas mudar de mãos, mas até que isso acontecesse, era preciso estar bem longe dali.

Acabei alugando uma casa minúscula num subúrbio do outro lado da cidade. Arranjei um emprego numa creche na rua detrás que mal pagava o que eu comia no mês, mas era preciso me manter discreta durante uns tempos e aquela era a melhor maneira. Passava o dia fazendo atividade sentada no chão, dando comida na boca e limpando a bunda de um monte de criança feia, fedida e chata, mas quanto mais apagada eu estivesse, mais esquecida eu me tornaria para os homens do Junan. Calculei que em uns três meses eles já tivessem tomado de conta dos negócios e me deixariam em paz. Para completar o figurino, comecei a frequentar a igreja dos crentes que ficava a três quarteirões de onde eu morava. Eles distribuíam sopa às quartas-feiras antes do culto da noite, e eu me voluntariei para o serviço como forma de me misturar à vizinhança e não acabar dando na vista por ser considerada a esquisitona recém-chegada sabe-se lá de onde. Inventei umas histórias sobre o meu passado que aquele povo sem dente gritando o nome de Jesus com uma bíblia levantada pro alto agitando braços magérrimos nem sonhou em questionar. Acho que será uma boa eu voltar a frequentar a igreja, tenho mesmo que me reencontrar na vida, disse a eles, como se na verdade eu não adorasse ser uma perdida. Isso mesmo, irmã. É a melhor decisão, disse uma mais afoita, que na animação já começou a me chamar pelos vocativos de igreja. *Irmã*. É cada uma.

Fora que eu nunca havia frequentado igreja coisa nenhuma, a não ser as missas que a gente era obrigada a ir aos domingos durante aquele breve período em que morei no colégio interno de freiras, quando na verdade eu passava a missa inteira trocando olhares com a Aline e outras meninas. E se lá tivesse meninos, com eles também.

Durante os cultos, sempre que eu dava meus testemunhos diante dos fiéis era engraçado ver a cara daquela gente olhando pra mim em clara adoração. Depois essa crentalhada diz que não curte um santo. Sei. Mas foi a percepção da minha capacidade de me fazer ouvir que abriu caminho para uma outra carreira, que comecei no momento em que conheci o pastor Adailton.

Saí do meio do rebanho amontoado em cadeiras brancas de plástico típicas de bares frequentados pelo pessoal daquela região para a cama do pastor em menos de um mês. Era ele o fundador da Igreja da Regeneração e Graça de Cristo, que já tinha quase sete anos. Entre uma gozada e outra – eu não consegui ficar quieta por muito tempo por um motivo simples: eu não *sabia* como, e pra ser sincera não queria aprender – ele me contou que percebeu que igreja era o melhor negócio do Brasil. Não paga impostos, só arrecada, e não falta gente destruída pelo diabo – isso aí ele disse com uma piscadinha de olho pra mim, deitado ao meu lado – tentando mudar de vida e conseguir a prosperidade. Largou a faculdade pela metade e agora estava ali, sendo chamado de bispo por todo mundo, vivendo do dinheiro que seus fiéis traziam para as ofertas durante os três cultos que aconteciam quatro vezes por semana, e do dízimo que, segundo ele, era bíblico – e seu magote ofertava com um sorriso no rosto. Sorrindo ficava ele, que tinha carro do ano e casa nas melhores regiões da cidade, embora só chegasse lá dirigindo um carrinho popular. Bispo pra ele era o novo doutor.

Adailton não era mesmo idiota, e já havia compreendido o meu potencial para além da cama. Ou você acha mesmo que eu contei tudo isso a você só porque a gente trepa? Eu vou te dizer uma coisa, Cacilda: eu e você somos muito parecidos. Não sei o teu histórico, mas está na tua testa que você já comeu muito sal nessa vida. Mas se você quiser, te ajudo a prosperar também. Adailton queria que eu me tornasse pastora. Eu tenho um terreno onde estou construindo uma outra igreja, numa comunidade um pouco mais afastada. Não posso misturar nem dividir meu público, senão eu saio perdendo. Que você acha de ser pastora da igreja por lá? No começo assumimos juntos, depois você fica no palco, digo, no altar, sozinha.

Adailton me ensinou o que dizer, e como, com qual postura na voz. As pessoas querem ouvir seu pastor como ouvem os apresentadores de programas policiais: o mesmo tom irascível, no nosso caso, para defender a obra de Deus, oscilando entre a segurança determinada e o berro. É preciso ser firme com o que diz, fechar os punhos, movimentar os braços e pedir constantemente que os fiéis concordem em uma só voz. Isso cria a sensação de que estamos juntos por um mesmo objetivo e faz com que fiquem mais mão aberta na hora de colaborar. Assim que o templo ficou pronto, começamos. Chato era decorar aquele monte de trecho da bíblia, mas não demorou e eu já estava recebendo convites para palestras, para viajar para cidades próximas e arregimentar fiéis para igrejas que funcionavam praticamente no galinheiro desses caras que haviam descoberto o nicho dos pastores. Tive que dizer não a tudo. Por que, meu benzinho? Já pensou quantas pessoas mais a gente poderia arrebatar para a nossa igreja, quantas almas poderíamos tocar para que façam comunhão com o Senhor? Eu não podia dizer a ele que ia me colocar na mira do pessoal do Junan nesses lugares minúsculos e apertados assim que eles ouvissem falar no meu nome. Escuta aqui, Adailton, eu disse, cortando aquela bobajada, Pode encerrar esse papo. Você não está falando com os pobretões que te dão tudo, inclusive o que não têm – aliás, principalmente o que não têm. Pô, mas você sabe que eu acredito em Deus. Claro que acredita. Principalmente se ele vier na liga que amarra muitas cédulas de cem reais.

Naquele tempo a gente já estava morando juntos e prestes a abrirmos um terceiro templo, sempre em comunidades onde a renda mensal não era lá essas maravilhas, mas repleta de gente de bom coração, também conhecidos como *otários*. Adailton bateu a porta e saiu. Foi dormir noutro quarto àquela noite. Para ele, aquilo não era problema, nossa casa tinha vários cômodos desocupados e prontos, como se estivéssemos sempre na iminência de receber hóspedes. Eu não me importei. Liguei o ar-condicionado e caí na cama king size, que naquela noite seria só minha. Concluí que meu maridinho estava ficando um menino mimado cada vez pior.

O sucesso pode ser uma merda.

Com o passar dos meses e do crescimento da nossa igreja através da pregação da Palavra, o meu nome, junto com o do Adailton, começou a se difundir por várias regiões. Vinha gente de todo lugar para nos ver e ouvir, abraçar, fazer selfie e toda essa gama de coisas que a gente precisa suportar hoje em dia se quisermos ter visibilidade e dinheiro. Eu abraçava todo mundo, fazia fotos, no começo eu até refazia a foto caso o fiel não gostasse, autografava bíblia, abençoava crianças e os pets de todo mundo, uma palhaçada só. Mas eu me divertia. Ia pra casa no banco de trás contando dinheiro, jogando pro alto e morrendo de rir. Tempos bons, aqueles.

Mas a memória do crime não esquece, e como diz o Coelho Branco de Alice, É uma memória bem ruinzinha, essa que só anda para trás. Com meu nome nos becos de cada favela, aliás favela não, comunidade, porque hoje não é bem visto dizer favela, não demorou até os elementos primordiais que sustentam esse tipo de lugar conseguirem descobrir onde eu frequentava. Desconfio até hoje que era gente que tinha ido parar na minha igreja, de tão popular que meu nome se tornou junto a essa camada social. Essa gente adora dizer o nome de Deus. Junan estava morto, mas os seguidores dele precisavam cumprir a minha sentença se quisessem subir de posto. Assim determinou Denilson, o novo dono do morro e que eu sei muito bem quem era: um viado filhodaputa que sempre quis dar pro Junan, só que o Junan não ia pros dois lados, como muitos por lá. No entanto, fez de Denilson peça-chave nos negócios, e acabou sendo ele mesmo a assumir o comando depois que eu acabei com a raça do meu ex-marido.

Os caras chegaram no templo no meio do culto, metralhando o teto e dizendo Ninguém se mexe nesse caralho! Queriam saber onde estava a pastora Cacilda. Vendo depois, no noticiário, consegui lembrar da cara de quase todos os cretinos que foram presos. A maioria deles trabalhava pra mim antes de sair pra me caçar. O erro deles foi chegar fazendo muito estardalhaço, porque ouviram de longe e chamaram a polícia. Os fiéis se jogavam no chão, gritavam. Aí o Zé Bozó, que dava mais do que banana no alto de serra mas tinha uma voz que quem não o conhecia dizia que ele era muito do macho, gritou que quem se mexesse ia ser fuzilado de tal maneira que ia ser difícil pro rabecão conseguir despregar do chão. Cadê a porra da Cacilda? Nosso negócio aqui é com ela!

Mas eu não estava lá. No dia que eles foram eu tinha ido a uma reunião com os chefões da Som Livre, pra fechar contrato pra um álbum de música gospel, a ser lançado no semestre seguinte. Eu estava planejando pregar menos dentro de templo e sair mais pelo país, justamente por me sentir pouco protegida nesses templos de periferia e, como a fama estava chegando mesmo com tudo, estar sempre em movimento em ambientes grandes e cheios de gente me tornava um alvo mais difícil.

Nada disso aconteceu. Zé Bozó encontrou Adailton dentro de um armário na sala onde ficávamos antes de entrarmos para o culto. Ele estava todo encolhido, quase sem respirar, e acabou sendo fuzilado em meu lugar. Seu corpo foi encontrado todo sujo com a própria bosta, que, de tão nervoso, seus esfíncteres não conseguiram segurar. Era o recado pra mim, pra eu continuar fugindo. Eles não haviam me encontrado, mas já sabiam tudo sobre mim: era inevitável que eu fosse a próxima. Fechei as igrejas, dispensei os empregados, o que foi fácil porque nenhum tinha carteira assinada, a gente dava só uma ajuda de custo e dispensava com pouco mais de dois meses, quando então colocávamos outros de nossos fiéis no lugar, em um programa que chamávamos de "Voluntários do Bem", que divulgávamos em pequenos cartazes espalhados pelas paredes e nos anúncios feitos pelo microfone antes ou depois dos cultos. Não faltava mané se candidatando, talvez achando que estava ganhando algum terreninho mixuruca perto do Deus no qual eles acreditavam. E por mim, eles ficavam lá o quanto quisessem, mas Adailton não queria problemas com a lei. Vai que esses putos não alcançam o milagre que buscam na igreja, resolvem cair fora e colocam a gente na justiça? Não vou vacilar, meu amor. Eu disse Por mim tudo bem, e depois que ele morreu percebi que ele tinha razão.

Quando anunciei que a igreja seria fechada depois da morte do nosso "zeloso fundador", numa noite repleta de chororô e de muita gente falando o que bem entendesse, eu caí fora. Deixei com os advogados a resolução da venda dos terrenos e do que mais existisse de herança do Adailton e fui embora dali. Minha carreira de pastora chegava ao fim.

Existem coisas que a gente aprende e evolui na vida. É uma questão de tentar ser melhor, mesmo, esforço consciente. Outras, nem que a gente quisesse muito, porque são parte daquilo que somos, da nossa própria constituição. Ninguém escapa de ser aquilo que é. Podemos tentar transgredir, amordaçar, retesar – mas a vida transborda. E minha vida era o meu corpo e era para ele que eu me voltava quando a tensão entre o ter hoje e o não saber o amanhã ameaçavam desabar sobre mim.

Quando o último cliente do dia foi embora fui conferir novamente o celular e vi inúmeras chamadas não atendidas de um mesmo número. Esse deve estar na seca há muito tempo, pensei. Retornei. Esse número é da Cacilda? Reconheci a voz no ato, incrédula. Eu achei que você tivesse morrido, Anselmo! Por onde esteve todos esses anos? Minha rainha, como é bom ouvir você de novo! E ficamos nessa bobagem por mais alguns minutos até que ele resolveu me explicar: havia perdido o próprio celular durante uma ação policial no mesmo dia em que Fabiana se suicidara. Como eu tinha devolvido o apartamento logo após o enterro dela, ele ficou sem saber como me encontrar. Naquela semana, enquanto encaixotava as coisas para se mudar, encontrou um papel com meu número de telefone dentro de uma agenda e resolveu conferir se o número ainda era o mesmo. Decidiu sair daquele inferninho onde morava? É o jeito, rainha, vou casar. A mulher não quer ficar ali de jeito nenhum, ele disse. Nem se ela fosse uma rampeira. Que tipo de gente moraria num aterro sanitário daqueles? Não fala assim, não era pra tanto. Eu ri, ele também. Por dez segundos éramos adolescentes. Posso te ver uma última vez, antes de ficar dentro do curral? Você nunca foi homem de aceitar prisão, resolveu começar agora por quê? O tempo tá passando, rainha. Encontrei uma mulher boa, que gosta mesmo de mim, então eu resolvi valorizar, entende? Entendo, menti. E aí?, insistiu. Pode sim, uma última vez, a mais inesquecível de todas, falei. Tinha tirado a sorte grande, segundo ele. Eu disse a ele que eu também. Houve um silêncio breve, que suscitava explicação. Perguntei se ele lembrava do lago paradisíaco que havíamos conhecido juntos quase sete anos antes. Quer que eu te leve de novo até lá? Quero ver você de novo, mas não lá. Antes, preciso de um favor seu. Sou todo ouvidos, rainha, ele respondeu, animado.

Então eu passei a lhe contar qual era o plano.

[Anselmo estacionou o carro na frente da casa sem fazer alarde. Já era tarde e ele não queria despertar o sono dos cansados. Tocou a campainha. O senhor pode vir aqui, por favor? É a polícia, disse para a voz que o atendeu. A pessoa que o cumprimentou quando a porta abriu, no entanto, não tinha a mesma voz da que falou com ele minutos atrás. Você é...?, disse Anselmo. Salomé Síntique, e o senhor? Não interessa, disse ele, invadindo a casa em busca do que fora até ali para fazer. Não grite, avisou para Salomé, eu vim aqui para resolver uma questão antiga e lhe trazer liberdade. Salomé, quem é que está na porta? Anselmo retirou a arma do coldre e apontou para a cara de Ricardo. Está faltando uma terceira pessoa aqui. Cadê a mulher?, perguntou ele. Que mulher?, Salomé não nasceu mulher. Eu estou falando da matriarca. Minha mãe está morta, disse Salomé, vindo da frente da casa. Tem mais alguém na casa? Se tiver, diga logo, se eu encontrar depois, dou um tiro na boca. Não tem mais ninguém não, respondeu Ricardo com a voz trêmula. Anselmo retirou as algemas e prendeu os pulsos de Ricardo, que se incomodou. Eu vou ser preso pelo quê? Eu não disse que fazer perguntas era uma opção, disse? Anselmo abriu a porta traseira do carro. Se houver um só grito de protesto eu estouro a sua cabeça e ao invés de levar um homem vivo, vou sair daqui com um saco de bosta dentro do meu carro – mas não tem problema, eu levo assim mesmo. Bateu a porta e foi para o volante. Assim que Anselmo ligou o carro, Cacilda se levantou de trás do banco do motorista, onde estava escondida para não correr o risco de deixar testemunhas, e sentou-se ao lado do tio com uma arma apontada para ele. Gostou da surpresa, tio Ricardo? O homem espremeu os olhos, na tentativa de enxergar. Sou eu mesma, tio, Cacilda. Uma boa quantidade de anos mais velha, é verdade. Ainda lhe pareço apetitosa? Cacilda, Cacilda, por favor... O senhor pode por gentileza ficar mais à direita, encostado na porta? Obrigada. Chegamos em quanto tempo, amor?

Quando fizeram a curva por detrás do morro em direção ao lago perceberam nos ouvidos a intensidade do vento aumentar. Continuava tão bonito como da última vez. Anselmo parou o veículo e exigiu que Ricardo saísse de onde estava e entrasse no porta-malas. Sem fazer perguntas, avisou. Cacilda fechou a tampa, e ouviu uma súplica abafada que não conseguiu entender. Anselmo entrou no carro novamente e o posicionou dentro do lago. Depois saiu pela janela, como previra, e foi ao encontro de Cacilda, que o aguardava na areia. Agora é só esperar a natureza fazer o resto. Você não acha que alguém pode vir aqui? Depois que a praia começou a ser aterrada cada vez menos gente vem para os lados de cá. Sem contar que já é tarde, maré alta não demora, e surfista não pega onda de madrugada por aqui. Ficaremos a sós, meu bem. Olhe, rainha... as coisas que eu não faço por você, disse, encostando o rosto em seu pescoço num gesto de amor.

Ficaram olhando a maré subir e o lago encher. De longe, viam o carro inclinado ser aos poucos tomado pelas águas e ouviam os gritos do tio Ricardo. Cacilda confessou que gostava de ouvir que ainda havia algum tipo de som vindo do porta-malas do carro. Significava que ele não tinha morrido antes de um enfarto ou derrame, logo, o espetáculo iria até o final. Havia saído tudo como eles previram, afinal, e aquilo dava ainda mais tesão em Cacilda. De lá, foram direto para o carro verdadeiro de Anselmo, que os esperava a poucos metros dali, e em seguida para um motel. Dormiram e acordaram um nos braços do outro. Comeram uma refeição e ligaram a televisão. A programação do dia era trepar e acompanhar o noticiário para saber em que estado teriam encontrado o corpo do seu tio.

Divertiram-se como há muito não. Despediram-se, conforme o planejado – pelo menos dentro do que foi posto em palavras. Talvez ainda tivessem se visto, por conta da força do que existia entre eles. Mas as circunstâncias. Sempre as circunstâncias.]

Você tem de pular sete ondas, de costas para o mar, me disse a mãe de santo de um terreiro que fui visitar na Bahia depois que eu e Anselmo partimos um da vida do outro. Mas essa mandinga aí é a mais manjada de todas, Mãe Iaiá, retruquei. A mulher, que estava de cabeça baixa, ergueu a vista devagar, mirando do meu busto até os meus olhos e parou, fechando as pálpebras como quem apura a vista para ler algo que não enxerga muito bem. Então não faça nada, filha. Não demora e você arruma para si um buraco no peito, ela disse, sem piscar. Eu, que não sabia se aquilo era metáfora ou os capangas do Denilson que ela conseguia ver, tomei ali mesmo a decisão de ir passar o carnaval no Rio. Se tinha lugar para pular sete ondas pra valer, com certeza era ali.

Fui para Ipanema no mesmo dia que cheguei. Era tanta gente junta que eu estava achando difícil encontrar uma brechinha no mar pra pular onda. Mas deu certo. Saí da água sem olhar para trás – depois de ter tirado a mãe de santo do sério, eu tinha perdido a coragem de perguntar se tinha mais alguma coisa na simpatia a fazer além dos pulos de costas, então encontrei essa dica na internet complementando as instruções da mulher e resolvi fazer. Eu estava com uma dor de cabeça tão forte com aquele sol torrando meu couro cabeludo que era bem capaz d'eu olhar para trás e enxergar um mar de sangue com milhares de pessoas se esfalfando dentro.

Cheguei no hotel, peguei a chave e entrei no elevador. Qual o seu andar?, perguntou o homem que viria a ser meu marido, eu respondi e ele agiu por mim, evitando assim que eu fizesse o tremendo esforço de apertar o botão do vigésimo segundo. Eu estou um andar acima do seu. Estou vendo, o botão já está apertado, eu disse, e me retesei toda antes de lembrá-lo que só havia nós dois no elevador. Quase trezentos milhões de espermatozoides numa gozada e o que vira gente é justamente aquilo, pensei. Então vamos ouvir um ao outro na sacada se fizermos festinhas ao mesmo tempo, ele disse. E o elevador não chegava nunca. Então, soltei: se unirmos as festas não precisaremos gritar tanto para nos fazermos ouvir. Acho que disse isso por pena depois de ter sido gratuitamente grosseira com ele. Ou porque o perfume que ele usava era muito bom, e ele tinha uma barba bem cuidada que o tornava charmoso, bonito até. Era a eterna chance do amor, buscado por mim desde que comecei a balançar minhas folhas ao vento. Posso inspecionar o local, para ver se é melhor no meu ou no seu?

Chegamos, e como se tivesse treinado muito antes daquele momento, ele pegou na minha mão e tomou a frente até a porta do meu quarto, e eu me deixei conduzir, tão diferente das ondas que acabara de pular.

Graças a Deus eu só soube do nome dele depois de termos trepado umas duas ou três vezes, porque eu teria desistido na hora de alguém que se chamasse Josualdo. Tenho uma coisa com nomes e esse é francamente brochante. Mas seu desempenho compensou o nome, que eu jamais usaria, preferindo quase sempre usar seu sobrenome, Bertiga. A exceção ficava por conta das horas de raiva.

Ao lado dele vivi os momentos mais idílicos da minha vida. Viajamos para diversos países da Europa, íamos para onde eu queria, jantávamos nos melhores lugares, e se um dia eu havia sido infeliz, já não lembrava. Foi assim durante mais de dois anos. Depois desse tempo, Bertiga começou a dizer que precisava dedicar mais tempo à empresa. Não tem problema, viajo sozinha, eu disse, sorrindo. Se você fizer todos os gastos com o seu dinheiro, tudo bem. Aquela frase foi uma duríssima afronta pra mim. Ele sabia que eu tinha reservas por conta da herança do Adailton, que não eram nem bem uma herança exatamente, mas alguns bens que ele passou para o meu nome na tentativa de escapar do fisco e de eventuais apreensões por parte da justiça. Não era muito, de qualquer forma, porque a família do pastor era cheia de larápios ainda piores que o próprio finado. Os advogados, que não sabiam de nada, coitados, ainda quiseram que eu brigasse na justiça contra eles. Você certamente ganha, garantiam. Pode até ser, pensei. Mas não quero me tornar alvo novamente. Peguei o que era meu por direito e me mandei, eles que se refestelassem com os despojos do morto.

Olhei para o Bertiga, incrédula. Mas aquela humilhação foi a primeira de uma série, que eu fui aguentando calada. Ou quase, porque naquele momento eu apenas disse, Não seja por isso. Considere as passagens compradas. Fui sozinha para os Emirados Árabes fazer não sei o quê, já que, pra mim, aquele era um lugar terrível para ser uma mulher, ainda mais sem companhia. Mas eu estava tão puta com o Josualdo que nem quis pensar nessas consequências. E pesquisar sobre o lugar na internet nem passou pela minha cabeça. Até parece que se pensa nisso quando você só quer ir à desforra...

Na volta, ele estava todo amorzinho. Disse que estava morrendo de saudade e que não queria nunca mais se separar de mim. A frase seguinte? Vem morar comigo, vem. Eu comprei aquela casa daquele tamanho pensando justamente no dia em que eu iria lhe encontrar. Eu caí perfeitamente, claro, mas caí por querer: tinha vivido o suficiente para saber que aquele era o discurso de um homem casado. Até ali, nunca tínhamos tocado no assunto. Saímos muito e íamos a diversos lugares dentro e fora do Brasil, mas eu sempre notei que havia um travo qualquer que nos impedia de ir além. Joguei: Sua mulher já sabe que você me encontrou? Josualdo nem engoliu em seco, e me lançou de volta a sinceridade, Não sabe, mas saberá, pode ter certeza. Ela, que não é mais o meu presente há muito tempo, logo mais se tornará resquício de uma lembrança trivial qualquer.

Ele cumpriu a promessa. Somente meses depois que estávamos oficialmente juntos, inclusive casados, foi que soube de tudo. Bertiga conhecera Isabella numa festa em Milão, para onde tinha ido ver novas tendências de moda nesses eventos que reúnem gente do mundo todo. Disse para o seu anfitrião por lá que só queria uma puta pra passar a noite. E o cara lhe apareceu com Isabella, uma amiga pessoal dele e por quem Josualdo se apaixonou imediatamente. A mulher também viu nele alguma coisa que a fez largar tudo na Itália e vir para cá, mas ela nunca se adaptou ao país. Tiveram uma filha, talvez na tentativa de ver se as coisas melhoravam, o que evidentemente foi um erro. Isabella ficava vários meses no seu país de origem enquanto Josualdo administrava a empresa no Brasil. Não demorou muito para ela descobrir que seu marido não andava sendo muito fiel. Imaginando que a mulher também não era nenhuma santa, já que eles passavam tanto tempo separados e sem sexo, ele contratou uma empresa na Itália para investigar a esposa. A verdade é que ele não se importava se a mulher dava ou não pra outros caras. Ele queria era ter provas, em fotografias e filmagens, caso o divórcio um dia acontecesse e a esposa resolvesse requerer mais dele do que ele achava que deveria dar a ela. Ele poderia alegar, na frente do juiz, que estava se separando porque a mulher lhe era infiel, meter as provas no caso e empurrar a coisa com bons advogados até que Isabella saísse com o mínimo possível.

Quando eu surgi na história, foi mais ou menos o que aconteceu, só que Bertiga se antecipou a ela. Mostrou todas as provas dos seus encontros secretos com diversos homens, em diferentes anos. Ela nem ousou dar um passo além do que Bertiga queria que ela desse. E assim saiu Isabella e entrei eu. Com as descobertas todas que fiz nos meses seguintes, aliado ao que eu já vinha percebendo em relação ao sentimento de posse do meu novo marido, vivi atenta o suficiente para entender que se ele me contou todas essas coisas a intenção era clara: se sair da linha, me aguarde.

Apesar da ameaça velada, vivia sem medo. Sem medo, mas atenta. Com o passar dos anos não pude deixar de notar o mesmo padrão Josualdo Bertiga de se comportar em seus relacionamentos. A diferença é que eu não era a italiana, e aquilo ia ter de parar. Decidi colar no meu marido. Disse a ele que me tornaria sua secretária pessoal, e foi o que fiz. Muito mais do que uma sombra, eu havia me tornado um encosto. Só que um encosto extremamente profissional e resolutivo. No tempo que passei secretariando Josualdo, fiz os negócios prosperarem ainda mais ao mudar práticas antigas ou tóxicas para a realidade dos tempos de hoje, tudo isso enquanto treinava um pessoal para ocupar o meu lugar, uma vez que eu sabia que não iria ocupar aquele posto por muito tempo. Aos poucos, percebi que o Bertiga começou a se tornar mais caseiro, tranquilo, saía de casa apenas para os eventos que fariam bem aos negócios, com sua vida de mulherengo sendo lentamente transformada em ruínas. Entendi então por que ele se achava um velho, tendo apenas seis anos a mais que eu. Bertiga, no fundo, estava cansado: de tantas viagens, de ter que comparecer a tantos eventos, de tomar tantas decisões sozinho – por opção dele próprio. Daí que eu nem deveria ter me espantado tanto com o sítio que ele resolveu comprar sem me dizer. Na cabeça dele já tão desconectada de mim, me fazer a surpresa do sítio era uma forma de fazer algo diferente para reavivar nossa relação, que vinha capengando há um tempo. Eu também fazia as minhas tentativas, todas completamente diferentes das dele. Ambos tentávamos não nos perder um do outro. Quaisquer que fossem os interesses que nos uniam, compreendíamos em silêncio que era melhor estarmos juntos que separados.

A não ser, claro, que a separação se desse por causa da morte.

E, se me permitem um trocadilho besta, era preciso dar um empurrãozinho para que isso acontecesse.

Lairton apareceu no local e dia combinados com um pequeno tanque contendo oito piranhas-pretas ainda relativamente pequenas. Trouxe mais do que você pediu porque até chegar no lugar onde você precisa delas pode ser que algumas morram, disse ele. Eu sorri. Afinal, essa gente parece não ser tão burra assim. Subi no baú do caminhão dele e olhei para aqueles peixes nadando de um lado para o outro. Eu não havia escolhido aquela época à toa: havia ido em busca de minhas piranhas exatamente na época de sua reprodução, o que significava que havia grandes chances das piranhas trazidas do Tocantins por Lairton estarem prenhes. Era do meu interesse que a população se multiplicasse rapidamente. Se eu me demorasse muito corria o risco de deixar uma série de indícios, de modo que eu precisava agir com rapidez – e as piranhas também.

Lairton estava ao meu lado, seus olhos movendo de mim para o tanque. Peguei-o pelo colarinho da sua camisa e comecei a beijá-lo ali mesmo, dentro do baú do seu caminhão, ao lado do tanque contendo as piranhas. Percebi que ele estava um pouco nervoso e resolvi acalmá-lo, Não se preocupe, quem vai devorar você sou eu, conforme o prometido. Ele soltou um riso nervoso. Achei melhor sair dali. Fomos a um motel de beira de estrada. Fiz com Lairton o que ele seguramente nunca havia tido na vida com uma mulher. Eu mesma estava enlouquecida de tesão. Pra mim, fazer um homem trazer aqueles peixes mortíferos de tão longe apenas pra saciar seus desejos carnais era a prova concreta de uma paixão, ainda que originada na volúpia. Como e por onde começa o ato de amar, senão no desejo? Tivemos uma noite intensa de amor, portanto, enquanto no baú do caminhão as piranhas talvez estivessem a se reproduzir, se eu tivesse um pouco de sorte.

Pela manhã eu e Lairton colocamos uma lona sobre o tanque e o transferi para o meu carro, uma SUV com uma traseira onde havia espaço suficiente para amarrá-lo com segurança. Você é puta mesmo?, perguntou um Lairton abismado com o tamanho do meu carro e o meu jeito desenvolto de lidar com as coisas que requeriam de mim um comportamento prático. É claro que não, mas você não precisa saber de mais nada além do que soube até aqui, respondi. Percebi que Lairton era chegado a um falatório, por isso das vezes seguintes que precisei conseguir outras piranhas fui atrás de outros caminhoneiros. Gosto de gente que abre a boca pra saber apenas o que interessa.

Saí de lá direto para o sítio, onde seu Geraldo me aguardava com o seu Seja bem-vinda mecânico. Gostou da surpresinha da semana passada? O homem ficou completamente ruborizado. Ora, pare com isso, seu Geraldo, o senhor não tem mais idade para ficar com vergonha de trepar, concorda? O homem baixou os olhos para o chão, desconcertado. É, todas as vezes que eu quis mulher era o seu Josualdo que arranjava pra mim, eu não sabia que a senhora também sabia... Soltei um "hum" maroto, meio sorrindo. Não, senhor Geraldo. Eu sempre *mandei lhe dizer* que era o Josualdo, mas quem fazia a mulher aparecer aqui era eu.

Na semana anterior, como eu vinha fazendo há alguns meses desde que soube da existência do sítio, contratava uma prostituta para ceder favores ao meu caseiro. Eu achava uma tristeza imensa um homem sem mulher. Ela ia, fazia o serviço dela, ambos se divertiam do jeito que quisessem ou pudessem, ela recebia o pagamento e estava tudo certo. Uma diferente todas as vezes, que eu não queria aquele homem apaixonado por uma mulher da vida. Eu sabia que um dia isso iria me beneficiar, embora quando comecei não soubesse como, mas minha intuição me mandava continuar, e eu obedeci. Da última vez, entretanto, teve uma diferença. Contratei uma puta que soubesse pilotar uma moto. Parte do que ela deveria fazer, atendendo a um pedido meu, era desfilar pela pequena cidade de Águas de São Pedro, onde ficava nosso sítio. Eu queria que cada um dos três mil habitantes daquela cidade vissem a mulher na moto com seu Geraldo atrás. Como andar de moto com capacete em cidades pequenas é algo incomum, expliquei para a prostituta que contratei que era só andar devagar que não haveria risco, arriscado seria usar capacete num lugar onde ninguém o fazia, porque a maioria dos crimes cometidos por motociclistas eram praticados por pessoas que usavam capacete para não serem reconhecidos. Dê essa alegria a ele, ele vai gostar, afirmei. Ela disse Deixe comigo. Gostou do passeio de moto?, perguntei, para me certificar de que tinha acontecido. Ora se gostei. No outro dia os homens no bar tavam tudo me perguntando se era minha mulher. De repente, seu Geraldo pareceu mais animado e eufórico. Por dentro, eu sorri. Ótimo. Agora venha cá, me dê uma forcinha com esse negócio que preciso tirar do carro.

Dei todas as instruções, para garantir que ele não cometeria nenhum erro. Nós vamos retirar isso daqui e levar direto para o poço nos fundos da casa. Quando chegarmos lá faço um talho com essa faca e elas saem pela brecha da lona, caindo direto na água. Compreendido, seu Geraldo? Está sim senhora, disse ele, fazendo que sim com a cabeça.

O pequeno tanque onde estavam as oito piranhas, àquela altura famintas, era feito de um material leve, não foi problema carregá-lo até a beira do poço. Fiz um pequeno rasgo na lona e fomos virando-o devagar. O som das piranhas caindo na água era musical. Quando seu Geraldo viu o peixe que era, soltou um grito, Nossa senhora! Mas pra que é que a senhora vai criar esses peixes, dona Cacilda?! A pergunta não era uma pergunta, era um assombramento, um estupor. Aproveitei-me desse momento e com a mesma faca que fiz o talho na lona tratei de enfiá-la no peito do seu Geraldo, até o cabo. Ele soltou o tanque, aos gritos. Não era a minha intenção, mas eu não poderia deixá-lo fazer tanto barulho, embora o sítio ficasse numa região mais afastada. Retirei a faca e cortei-lhe a garganta. O som do grito transformou-se num barulho de engasgo. Não foi difícil segurar o corpo mirrado do seu Geraldo e jogá-lo dentro do poço com as oito piranhas. O corpo primeiro afundou, depois boiou. Olhei para dentro e tive a impressão de ver minhas oito pequenas feras começarem a beliscar o seu Geraldo. Quase pedi desculpas por mandar mais ossos do que carne em sua primeira refeição em minha posse, mas eu não podia deixar seu Geraldo saber do meu segredo, não é mesmo?

Liguei para Angélica no mesmo dia, dizendo que iria precisar dos serviços dela outra vez. Para o mesmo lugar? Para o mesmo lugar, confirmei. Combinei de nos encontrarmos dali a pouco mais de um mês, durante a viagem seguinte do meu marido. Nesse ínterim tratei de providenciar mais algumas piranhas. Parecia que, afinal, eu havia me rendido à ideia de criar animais.

Aproveitei e também fui ao sítio verificar a situação do que restara do seu Geraldo. Nem sinal, só umas roupas rasgadas boiando. Elas estavam mesmo com fome.

No dia marcado fui pegar o carro na locadora de veículos e de lá fui direto para uma loja que colocava fumê, com horário agendado e de maneira sigilosa. Eu quero um que ninguém consiga enxergar o que se passa dentro do carro, disse. Em pouco mais de uma hora, o serviço estava feito. Paguei e fui pegar Angélica no local que havíamos marcado. Ela já estava lá. Assim que entrou no carro, notei que ela estava um pouco travada. Está tudo bem, meu anjo?, quis saber. Está. Acho que não dormi bem. Tive um sonho ruim, sonhei com águas muito turvas – acho que ela disse "águas escuras", não creio que o vocabulário da Angélica incluísse a palavra "turva", mas posso estar sendo um pouco exagerada – e muitos peixes se batendo. Era só o que me faltava. Uma puta que prevê o futuro, pensei. Comecei a tentar ganhar tempo e entender o que se passava na cabeça dela, Você costuma ter esse tipo de sonho? Não, ela disse, secamente. Mas tive, ao longo da minha vida, esses pressentimentos. E geralmente algo não muito bom acontece. A senhora está me levando para o mesmo senhor da última vez? Percebi que ela estava mudando de assunto por se sentir incomodada com algo que talvez não tivesse condições de compreender. Entrei no ritmo da música dela, Não. Dessa vez o serviço é comigo. O seu anúncio não dizia que você atende homens e mulheres? Pois bem: fiquei com tesão em você desde o momento em que lhe vi, quando fui lhe pagar. O caseiro não vai estar em casa, não se preocupe. Ela sabia que eu era casada, mas não questionou coisa alguma, uma verdadeira profissional.

Abri lentamente a porta do carro que havia alugado e fui até o portão do sítio, que também tentei abrir o mais devagar possível. Queria dar a chance de eventuais transeuntes me verem desacompanhada. Coloquei o carro para dentro e chamei Angélica para o quarto de casal, o único lugar da casa que estava realmente limpo. Começamos a nos beijar ainda em pé, depois fomos para a cama, de onde comecei a tirar brinquedinhos de uma bolsa que havia trazido comigo, para nos auxiliar na diversão. Colocamos bolinhas explosivas na vagina, passamos creme, nos penetramos mutuamente com um dildo vigoroso. A boca de Angélica funcionava muito bem em qualquer parte do meu corpo. Fui mais uma vez até a bolsa e retirei um creme para massagem. Vou fazer em você e depois você faz em mim, certo? Ela soltou um gemido, dizendo que sim. Estava mais relaxada e menos propensa a acreditar em tragédias. Comecei a esfregar o creme em suas costas. Quando eu vi que ela estava ficando sonolenta, com a outra mão retirei da bolsa um spray feito à base de triclorometano, também conhecido como clorofórmio. Vira o rosto pra mim, meu amor, disse num sussurro em seu ouvido. Ela se virou, esticando o pescoço para que eu pudesse beijá--lo. Apertei o spray bem diante do seu nariz como se eu fosse um artista de grafitti. Angélica, que já estava muitíssimo relaxada, não teve tempo de esboçar reação. Se você não tivesse se tornado puta poderia ter ganhado a vida como cartomante e certamente teria permanecido viva, eu disse para ninguém. E ri. Eu estava feliz porque sua morte seria limpa.

    Angélica era uma mulher pequena, mas pesada. Mesmo assim, carreguei-a até o poço sem muita dificuldade. Assim que inclinei seu tronco em direção a água, seu corpo inteiro seguiu o movimento. Vi claramente quando as piranhas começaram a devorar Angélica, retirando pedaços enormes do seu braço, pescoço, coxas. Pedi a Deus para que ela não acordasse no meio daquele ataque feroz. Imagine, despertar para a vida sabendo-se ser a guarnição principal de um banquete de piranhas. Mas nada disso aconteceu. Evidentemente ela se afogara no instante em que joguei seu corpo. Vi minha breve amante se transformando em outra coisa, aos poucos. Era tão bom saber que eu não deixava rastros.

    Quando os peixes se acalmaram, dirigi de volta para São Paulo, mandei tirar o fumê do veículo e devolvi-o para a locadora.

    Agora só me faltava o Josualdo. Na hora que eu me livrasse dele, começaria a colocar em prática o meu lado de atriz para a imprensa, a polícia, os familiares desconhecidos que sempre aparecem nessas horas. Meu nome não era Cacilda por acaso.

    Recebi meu marido no aeroporto, com direito a um abraço envolvendo-o todo. Na minha cabeça, eu já calculava como faria para levar aquele corpo até o poço. Com mais de um metro e oitenta, Bertiga não era exatamente um homem magro. Anos de uma alimentação farta, aliados aos radicais livres percorrendo seu corpo tornaram-no um homem corpulento, pesado. No caminho, conversamos sobre o que havíamos feito nos dias de ausência. Ele já sabia que eu tinha ido ao sítio. Combináramos, inclusive, que passaríamos o fim de semana nele. Meu amor, me diga uma coisa, ele começou, Você ainda está satisfeita com o serviço do Geraldo? Estou. É o tipo de funcionário que eu gosto: não faz perguntas, não fica querendo se fazer de amigo, não comete excessos, recebe seu pagamento e vai viver sua vida. O que você combinou com ele para o final de semana?, Josualdo me perguntou. Falei ontem com ele e disse que ele estava dispensado. O fim de semana será só nosso. Josualdo disse um Ok e calou-se. Chegou em casa, desfez a mala antes de tomar banho e jantou uma sopa leve. Tão bom se eu tivesse tempo de fazer uma dieta nesse homem antes de fazer o que preciso fazer, pensei, bem-humorada.

No dia seguinte pegamos o carro e fomos para o sítio. Bertiga foi dirigindo. Nem pensar em dirigir se eu tivesse quem o fizesse por mim. O plano para o fim de semana era simples: empurrar Gold Label, o único uísque que Josualdo tomava, durante toda a noite, até que ele estivesse tão bêbado que nem visse a lâmina da minha Tramontina passando por sua garganta.

O jantar que eu encomendei chegou na hora certa. A mesa já estava posta e as velas acesas no pórtico da casa, onde tudo indicava uma noite romântica. Preparei para o Josualdo um jantar digno de último desejo de um condenado à morte, com exatamente tudo que ele mais gostava.

Ele começou a bebericar cedo, mas bebia numa velocidade muito lenta. Resolvi eu mesma servir-lhe dose após dose. Jantamos e conversamos sobre reminiscências tão longínquas que nem eu mesma lembrava. Por um instante me arrependi de estar prestes a matar aquele homem. Por que era mesmo que eu o faria?, me perguntei. Porque não havia mais outro jeito, eu mesma me respondi, enquanto ele falava. Eu já havia feito coisas demais, dado passos demais, envolvido pessoas demais para voltar atrás, ainda que as peças-chave estivessem mortas. Josualdo falava com o sabor da juventude que ele afirmava não mais ter, mas tinha. O problema é que ele só se tornava jovem se estivesse bêbado, o único momento em que ele se permitia relaxar. Sóbrio, era uma máquina de administrar negócios e fazer dinheiro, e o que eu sempre precisei foi de um homem que cuidasse de mim. Eu só queria ser amada, e já que não era, seria novamente uma mulher solteira, só que, dessa vez, endinheirada, com novas chances de encontrar um amor com mais cautela da próxima vez. Pelo menos esse era o meu pensamento. Sempre é tempo de recomeçar, eles dizem. E é preciso acreditar nisso. Para acordar um dia após o outro, é preciso acreditar em alguma coisa. A minha vida inteira eu quis acreditar no amor. Me meti em merda atrás de merda por causa dele, mas nunca desisti. O amor é a minha religião, eu me dizia.

Passei a faca no pescoço do Josualdo depois de me levantar dizendo que iria buscar mais uma dose de uísque. Foi bem mais fácil do que eu pensava. Difícil foi retalhar seu corpo em vários pedaços, já que desde o abraço dado no aeroporto eu havia compreendido que não conseguiria arrastá-lo inteiro até o poço.

Cortei-o em pedaços grandes, mas a sujeira foi imensa mesmo assim. Coloquei tudo em sacos plásticos desses que se decompõem na água e joguei-os para as piranhas. Pela força do barulho, percebi que elas estavam mais uma vez famintas. Era interessante notar a água fervilhando, aqueles bichos devorando ferozmente o que lhes era lançado para que saciassem a fome. A água fazendo espuma e o som dos corpos se movimentando num grande frenesi, como se o líquido fervesse. Também pude notar, pelo chacoalhar agitado de tantos corpos ícticos se debatendo na água, que elas haviam se multiplicado.

O próximo passo era aterrar aquele poço dali a não mais que alguns dias, transformando aquele monte de piranhas e restos de ossos humanos em fósseis para sabe-se lá quantos milhares de anos. Meu dever estava cumprido. Agora, era entrar em ação com o plano de atuação e usufruir de tudo que eu havia planejado.

Mas não houve tempo para isso.

Tomei o resto do uísque do Josualdo na boca da própria garrafa. Eu estava exausta de tanta carnificina. É imprescindível que você que me ouve, que ouviu essa gravação até agora, saiba que eu nasci para o amor. Eu só queria o amor, nada mais. E naquele momento eu só precisava de algumas poucas horas de sono para clarear minha mente e ver como iria fazer para chegar ao meu objetivo.

Adormeci pensando nisso e acordei com um celular tocando. Era o smartphone do Josualdo, que estava na cadeira ao lado dele na mesa. Alô, eu disse, ainda com voz de sono e um pouco bêbada. Cacilda? Oi, Cacilda. Era o Lorentino, advogado da nossa empresa e grande amigo do meu marido. O Bertiga está aí contigo? Ele está dormindo, Lorentino. É urgente? É. Eu preciso falar com ele, disse, numa voz apreensiva. Espera aí um instante, respondi. Coloquei o celular no colo e contei até cinquenta. Olha, ele disse que vai precisar fazer uma viagem ainda hoje e que liga pra você quando chegar. Eu não estava preparada para ouvir a frase seguinte do Lorentino, Você está mentindo, Cacilda. Eu sugiro que você fique onde está. O que é que está acontecendo?, perguntei, agora alerta, mas notando o medo transparecendo na minha voz. Eu também não sei, Cacilda, mas logo mais vou saber. Ontem, pouco antes de sair do banho, o Bertiga me ligou para dizer que andava desconfiado de você. Não sabia se era um amante, se era outra coisa. Mas achou estranho você ligar pra ele, em plena viagem, e combinar um jantar em um lugar que você odeia. As suspeitas dele ficaram mais fortes quando você disse que havia falado com o caseiro no dia anterior para dispensá-lo no final de semana, sendo que ele vinha tentando falar com o homem há dias e não conseguia. Eu interrompi a fala do Lorentino para lhe dizer que estavam batendo na porta. Ouvi-o dizer, Que bom que chegaram. Era a polícia, pedindo para entrar. Já vai!, gritei de onde estava. Queria ouvir o que Lorentino ainda tinha a dizer. Termine, Lorentino, eu disse. Eu combinei com o Bertiga que ele deixasse o celular numa chamada para mim durante todo o tempo que vocês passassem jantando. Eu ouvi e gravei toda a conversa, até o momento em que você disse que ia pegar uma nova dose de uísque e a partir daí não houve mais diálogo...

Nesse instante, compreendi que eles iriam entender tudo. Gritei de novo um Já vai! para a polícia. Larguei o celular do Josualdo no chão. Sei que daqui a pouco a polícia vai entrar à força, porque eles devem ter mandado de busca e apreensão, acho que é assim que se diz, estou com a mente um pouco perturbada. Se não entraram ainda é só porque não querem fazer um escarcéu na casa de grã-finos. Por mim, não tem problema. Está tudo gravado no meu celular.

Quando eles entrarem, vão ouvir todo esse relato, que é também uma admissão de culpa. Mas antes disso vão encontrar um poço nos fundos da casa, e dezenas de piranhas devorando o corpo de uma mulher.

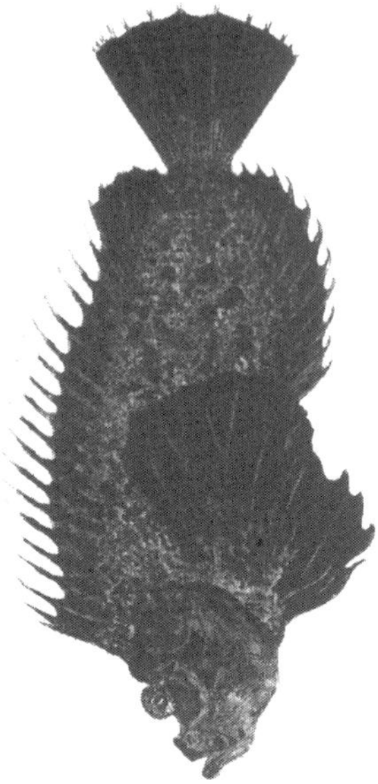

Este livro foi composto em tipologia Meridien,
enquanto Curtis Harding cantava *Need your love*,
em junho de 2020, no papel pólen bold,
para a Editora Moinhos.

.

2020 se mostrava um dos anos mais difíceis da história do Brasil.
E estávamos apenas na metade dele.